E-Z DICKENS SUPERHELD BOEK DRIE

RODE KAMER

Cathy McGough

Stratford Living Publishing

Inhoudsopgave

Inwijding   VII

Epigraaf   IX

PROLOGUE   XI

1. HOOFDSTUK EEN   1

2. HOOFDSTUK TWEE   8

3. HOOFDSTUK DRIE   10

4. HOOFDSTUK VIER   13

5. HOOFDSTUK VIJF   17

6. HOOFDSTUK ZES   27

7. HOOFDSTUK ZEVEN   43

8. HOOFDSTUK ACHT   45

9. HOOFDSTUK NEGEN   48

10. HOOFDSTUK TIEN   52

11. HOOFDSTUK ZEVEN   55

12. HOOFDSTUK TWEE   57

13. HOOFDSTUK DERTIEN 62

14. HOOFDSTUK VEERTIEN 68

15. HOOFDSTUK VIJFTIEN 72

16. HOOFDSTUK ZESTIEN 77

17. HOOFDSTUK ZEVENTIEN 80

18. HOOFDSTUK ACHTTIEN 87

19. HOOFDSTUK NEGENTIEN 98

20. HOOFDSTUK TWINTIG 103

21. HOOFDSTUK EENENTWINTIG 109

22. HOOFDSTUK TWEEËNTWINTIG 117

23. HOOFDSTUK DRIEËNTWINTIG 135

24. HOOFDSTUK VIERENTWINTIG 144

25. HOOFDSTUK VIJFENTWINTIG 149

26. HOOFDSTUK ZESENTWINTIG 155

27. HOOFDSTUK ZEVENENTWINTIG 158

28. HOOFDSTUK ACHTENTWINTIG 164

29. HOOFDSTUK NEGENENTWINTIG 175

30. HOOFDSTUK DERTIG 182

EPILOOG 187

Erkenningen 199

Over de auteur 201

Inwijding

Voor degenen die geloven...

Epigraaf

"Een held is een gewoon individu dat de kracht
vindt om door te zetten en te volharden ondanks
overweldigende obstakels."
Christopher Reeve

PROLOGUE

TWEE JAAR WAREN VOORBIJ gegaan en het was de eerste december, E-Z's vijftiende verjaardag. Hoewel het buiten ijskoud was en de sneeuwvlokken om hen heen dwarrelden, wilden hij en zijn familie en vrienden per se zijn feestje buiten houden, waar ze een kampvuur hadden gemaakt om hen warm te houden en een barbecue.

Nu Samantha en Sam getrouwd waren, was het nog drukker in het huishouden van Dickens. Het verveelde nooit als er vrienden op bezoek kwamen.

Het huwelijk van Sam en Samantha was een kleine ceremonie geweest, gehouden bij de burgerlijke stand. Lia was Maid of Honour, E-Z was Best Man en Alfred de Trompetterzwaan was Ringdrager.

Lia had Alfred uitgelachen omdat hij gekleed was in een marineblauwe vlinderdas en verder niets. Alfred was niet van zijn stuk gebracht door deze aandacht, omdat hij wist dat hij in goed gezelschap was van anderen, zoals voormalige Britse premiers.

"Als de grote Winston Churchill dacht dat een vlinderdasje goed genoeg voor hem was, dan is het goed genoeg voor mij!" zei Alfred.

"Hij rookte ook een dikke sigaar!" zei E-Z. "Ik hoop niet dat jij er ook zo eentje gaat roken."

Lia grinnikte.

"De steaks zijn klaar!" riep Sam. "Als je ze graag rauw hebt, kom ze dan nu halen."

Alleen Samantha kwam naar voren met haar bord klaar. "Je zoon heeft zin in zeldzaam vandaag," zei ze, terwijl ze op haar buik tikte.

"Wat mijn zoon wil, krijgt hij," zei Sam terwijl hij een biefstuk op het bord van zijn vrouw tilde. Ze prikte in het midden terwijl haar man er een gebakken aardappel en een paar slierten asperges naast legde.

Samantha at asperges terwijl ze naar de picknicktafel liep. Ze had E-Z's verjaardag tot in de puntjes gepland en veel tijd gestoken in het versieren van de tafel met Happy Birthday thema-items. Ze ging zitten en sneed haar gebakken aardappel doormidden, voegde zure room, bieslook, boter en een paar klontjes zout toe.

E-Z, Lia, Alfred, PJ en Arden bleven hier omdat het meestal warmer was bij de vuurplaats. Oom Sam hield er niet van dat er mensen rondhingen als hij de barbecue bemande, dus bleven ze uit zijn buurt. Bovendien hielden ze allemaal van een goed belegde barbecue en het gaf hen ook de gelegenheid om alleen te kletsen en bij te praten.

"Wat vinden jullie van onze Superheldenwebsite?" vroeg E-Z.

PJ en Arden keken elkaar aan en haalden toen hun schouders op.

"Kom op," zei E-Z. "Wat vinden jullie er eigenlijk van? Ik weet dat jullie de site hebben bekeken, want Uncle Sam heeft me geholpen met het bekijken van de gegevens. Ik had geen idee dat we zoveel informatie konden achterhalen, zoals wie onze site bezoekt, hoe lang ze blijven, waar ze naar kijken. En ik herkende jullie IP-adressen. Wat vinden jullie ervan?"

"De hele waarheid? Zonder voorbehoud?" vroeg PJ.

"Brutale waarheid?" voegde Arden eraan toe.

"Ja," siste E-Z. Hij bracht zijn stem terug tot fluisteren. "Uncle Sam heeft uitstekend werk geleverd. Toch richten we ons niet op het juiste publiek, want we krijgen nauwelijks verkeer. Behalve jullie twee en een IP-adres in Frankrijk hebben we nauwelijks hits gehad.

"Een paar mensen zijn net als jij een paar keer teruggekomen om de site te bekijken, maar ze blijven niet lang. Uncle Sam stelde voor om misschien een nieuwsbrief te beginnen, mensen te vragen zich in te schrijven en ze updates te sturen, maar ik weet het niet. Iedereen doet tegenwoordig aan nieuwsbrieven en het lijkt veel werk. Uncle Sam liet me zien dat hij er al zo'n vijftig heeft!

"Wat betreft verzoeken om hulp - en dat is de hele reden waarom we een website hebben opgezet

- tot nu toe is ons alleen gevraagd om dingen te doen die lokale functionarissen zoals de politie en de brandweer afhandelen. Ik hou niet van het idee dat wij ons haasten om een kat in een boom te redden en dat de brandweer in volle uitrusting verschijnt om hetzelfde te doen. Het is inefficiënt voor hen en voor ons. En het is gênant als ze net opdagen als wij klaar zijn. Hun tijd is waardevol - ze redden elke dag levens. Het voelt respectloos als je begrijpt wat ik bedoel. Ze redden levens en zijn vierentwintig uur per dag bereikbaar.

"Ik denk dat we verzoeken nodig hebben om uit hun rijk te blijven, zodat we hun tijd niet verspillen en hun werk niet moeilijker maken dan het al is. Sorry voor deze lange speech, maar als ik denk aan alles wat ze hebben gedaan na het ongeluk met mijn ouders..."

PJ en Arden leunden dicht tegen elkaar aan en fluisterden. Ze wilden Sam niet kwetsen - ze waren tenslotte geen experts - of het risico lopen dat hij hen zou afluisteren en hun steaks zou verbranden.

"Uh, we snappen wat je bedoelt," zei PJ. "Trouwens, de politie en de brandweer zijn essentiële diensten en ze worden betaald om mensen te redden. Terwijl jullie vrijwilligers zijn."

"Dus hun website en hun online aanwezigheid in sociale media is anders dan die van jou zou moeten zijn," zei Arden. "En ze hebben veel personeel, op vele niveaus om alles te onderhouden en up-to-date te houden."

"Terwijl je site iets meer superheldenachtig - als dat al een woord is - en minder zakelijk nodig heeft. Zoals de legendes, degenen in wiens voetsporen je treedt. Kijk naar sommige websites die voor hen zijn opgezet - en dat zijn fictieve personages. Stel je voor wat we zouden kunnen doen als we hun voorbeeld zouden volgen," zei Arden.

"Zoals wat? Ik weet dat jullie ideeën hebben, dus deel ze," zei E-Z.

"Nou, zoals je misschien al doorhad, hebben we wat gebrainstormd met z'n tweeën. En we hebben een staging website gemaakt - hij is nog niet live en zal dat ook niet worden tot je hem goedkeurt - van hoe je site eruit zou kunnen zien. Hij staat op mijn telefoon. Kijk en zie wat we bedoelen en denk na over de mogelijkheden, want dit is vrij snel door ons gedaan." PJ drukte op start. De Drie leunde naar binnen.

Op het scherm stonden eerst de woorden: "Welkom op de superheldenwebsite van *De Drie*." Daarna werd ingezoomd op E-Z in geanimeerde vorm. Hij zat in zijn rolstoel zoals je zou verwachten, droeg een zwart t-shirt, blauwe jeans en een paar hardloopschoenen.

E-Z streek zijn haar naar beneden toen hij zag hoe de zwarte streep in het midden van zijn blonde haar eruitzag. Hij kon er nooit aan wennen.

"Wat is dat op mijn shirt, spijkerbroek en schoenen? Is dat een logo? En hoe heb je van mij een cartoon gemaakt?"

"Ja, het is een logo. We vonden de engelenvleugel cool en toepasselijk," zei Arden.

"We hebben een app. gebruikt om een cartoon van je te maken," zei PJ. "We hebben wat bewerkingen gedaan, op je armen. Hopelijk zijn we niet te ver gegaan."

E-Z's keek nog eens goed toen de geanimeerde versie van zichzelf zijn armen over elkaar sloeg. Nu vielen zijn nogal volumineuze onderarmen hem op en zijn wangen bloosden. Hij zag eruit als een pooier, een aansteller. Vonden zijn vrienden echt dat hij er zo beter uitzag? Hij kromp ineen toen de vleugels van E-Z op het scherm verschenen. Hij zweefde in de lucht en wees.

Dit was de eerste kennismaking met Lia. Ze arriveerde ook in geanimeerde vorm. Lia was van top tot teen gekleed in een paarse jumpsuit met een tutu. Haar blonde haar zat strak in een paardenstaart en over haar ogen zat een paarse zonnebril. Ze zag er springerig, vriendelijk en schattig uit terwijl ze over het scherm liep. Ze draaide en stopte, als een model op een catwalk en poseerde.

E-Z spotte; hij kon er niets aan doen.

"Nou, ik zie er tenminste niet uit als een aansteller met nepspieren!" zei ze.

E-Z gaf geen commentaar.

Geanimeerd strekte Lia haar armen naar voren, met haar handpalmen naar de grond gericht. Toen, voila, draaide ze ze om. Het linkeroog in haar handpalm ging open, gevolgd door het rechteroog. Synchroon knipperden ze. Lia hield haar houding vast en floot toen door haar vingers.

"Ik wou dat ik dat echt kon!" zei ze, terwijl ze de geanimeerde versie van zichzelf probeerde na te doen.

E-Z floot.

"Scheer je weg," zei ze, terwijl ze hem een elleboogstoot gaf.

Nu kwam Kleine Dorrit op het scherm. Ze was elegant en vrouwelijk, en zo wit als sneeuw. De eenhoorn vloog naar Lia, landde en liet haar hoofd zakken zodat het kleine meisje haar kon aaien. Lia sprong erop en Little Dorrit vloog naast E-Z. Ze zweefden en draaiden toen hun hoofden om.

Dit was Alfreds teken. In cartoonvorm leek zijn feloranje snavel te glinsteren in het licht. Het stond in schril contrast met zijn zuurstokrode strikje. Terwijl hij op Lia en E-Z afliep, kraakten zijn zwemvliezen alsof het zuignappen waren.

"Mijn voeten maken dat geluid niet!" zei Alfred.

"Uh, zij ook," zei E-Z met een grijns, terwijl Alfred op het scherm zijn vleugels spreidde en naar de kant van zijn twee kameraden vloog.

De drie poseerden. E-Z stond in het midden, Lia links en Alfred rechts. Toen gebeurde het. *De Drie* - nou ja, Lia en E-Z deden hun duim omhoog. Alfred van zijn kant deed een gebaar met zijn vleugels omhoog.

"Dit is gênant," fluisterde E-Z tegen Alfred.

"Zonder gekheid!"

"Shhhh," zei Lia toen de voice-over op het scherm begon. Het was Ardens stem, maar zijn toon was lager. Hij klonk als een presentator van een spelshow.

"Als je een superheld nodig hebt... E-Z, Lia en Alfred - ook bekend als *De Drie* - staan vierentwintig uur per dag, zeven dagen per week voor je klaar. Bel ***-***-**** of stuur een bericht via social media.

Als je iemand nodig hebt om je te helpen... Bel *De Drie*. Ze zullen er voor je zijn...onmiddellijk. Je kunt op ze rekenen...want ze zijn de beste die je zult zien. Vierentwintig uur per dag, zeven dagen per week...tevredenheid gegarandeerd."

"En nu de grote finale," zei Arden.

De Drie vouwden hun armen over hun borst. Alfred vouwde zijn vleugels.

"Uh, dat is niet mogelijk," zei Alfred.

"Shhhh," zei Lia.

Elk met hun kin vooruitgestoken, *de* een na de ander, poseerden *De Drie*.

PJ drukte op pauze.

"Rekening houdend met wat je zei over rechtsgebieden, moeten we dit stukje misschien veranderen," zei hij. Hij drukte op start.

"Geen klus is te groot of te klein voor ons!" zei een computergestuurde versie van de stem van E-Z.

Toen ging een cirkel in het midden van het scherm rond en rond, alsof wi-fi een signaal probeerde te vinden. Nu vulde het woord BAM! het scherm. Toen het woord SOCKO!

Ze keken toe hoe E-Z een kat redde die hoog in een boom vastzat.

"Oh broer," zei hij.

De stem van zijn animatiefiguurtje ging verder.

"Wij zijn de drie

We zijn er voor jou!

Kat vast in een boom...

We halen hem naar beneden voor je!"

E-Z overhandigde de geredde kat aan een gezin.

"Uh, dat is nooit gebeurd," zei hij.

"We hebben een beetje dichterlijke vrijheid genomen," gaf Arden toe.

"We kunnen alles repareren wat je niet mooi vindt," zei PJ.

Nu verscheen de cirkel weer op het scherm en ging rond en rond. Toen het stopte werd het scherm gevuld met het woord BANG! Gevolgd door het woord ZIP!

Op het scherm redde de geanimeerde E-Z een vliegtuig vol passagiers. Toen hij het vliegtuig neerzette, applaudisseerden honderden wachtende toeschouwers op de landingsbaan.

"Dat lijkt er meer op," zei hij.

"Shhh," zei Lia.

Op het scherm zei E-Z,

"Omdat we je vrienden zijn!

Onze diensten zijn gratis.

24/7

Want wij zijn *De Drie*!"

Cirkel weer rond en rond. Gevolgd door BINGO! En BAM!

Nu werd de redding in de achtbaan opnieuw geanimeerd. Het was erg goed. Zo nauwkeurig dat ze de suikerspin en karamelmaïs konden ruiken.

"Oh!" zei E-Z.

Lia applaudisseerde.

Alfred schudde zijn nek van links naar rechts alsof hij onlangs met heel koud water was besproeid.

"Ik vind het geweldig!" zei Lia. "En bedankt dat je mijn lievelingskleur erbij hebt gedaan. Hoe wist je dat?"

"Het viel me op dat je het vaak draagt," zei PJ. Zijn wangen bloosden. "Ik ben zo blij dat je het mooi vindt."

"Wat denk jij, E-Z?" vroeg Arden.

Alfred wierp een blik in de richting van E-Z.

"Dat was uh," zei E-Z, "uh... een goede poging."

"Het eten is klaar, kom maar halen!" riep Sam.

"Laat de jarige eerst gaan," zei Samantha.

E-Z baande zich een weg over de binnenplaats, samen met Alfred.

"Over perfecte timing gesproken," zei hij.

"Ja, die twee zijn nog steeds sukkels," antwoordde Alfred.

"Maar hun hart zit op de juiste plaats. Het is een slim idee, alleen een beetje overdreven voor ons."

"Een beetje?" gilde Alfred.

"Oké, veel, maar ze hebben het wel geprobeerd. We kunnen houden wat we leuk vinden en de rest wegdoen."

Toen ze allemaal hun eten hadden, zaten ze aan de picknicktafel en aten. De lucht veranderde en heldere sterren vulden de hemel om hen heen. Ze aten hun buikje rond en toen haalde Samantha de verjaardagstaart tevoorschijn die ze had gebakken. Iedereen zong "Happy Birthday!".

"Speech! Speech!" riep Arden en al snel deed iedereen mee.

E-Z dacht enkele seconden na.

"Bedankt dat je mijn vijftiende verjaardag speciaal hebt gemaakt. Ik wil even de tijd nemen om mijn vader en moeder te herdenken en een herinnering aan mijn verjaardag met jullie te delen. Als je dat goed vindt? Ik beloof dat ik niet sentimenteel zal worden."

Iedereen knikte.

Samantha die sinds ze zwanger was altijd soppig was. Of het nu blije of zatte tranen waren, ze veegde er eentje weg nog voor hij begonnen was. "Ik ben oké," zei ze, terwijl Sam zijn arm om haar heen sloeg.

"Het was op mijn vijfde verjaardag. Ik wilde geen feestje en vroeg om in plaats daarvan naar de film te gaan. In plaats van in de krant te kijken wat er te zien was, besloten we gewoon te komen en ter plekke te beslissen wat we zouden zien. Ze zeiden ook dat ik mocht kiezen omdat ik de jarige was."

Hij sloot zijn ogen even.

Hij was daar bij het theater. Daar was mama, helemaal ingepakt in een parka. Ze had haar oorwarmers op en wreef haar handen tegen elkaar zoals ze altijd deed. Mam droeg altijd handschoenen en klaagde dat haar vingers koud werden.

Papa had zijn knielange blauwe jas aan over een spijkerbroek. Hij droeg niet graag een hoed in de stad, want dan zat zijn haar in de war. Zijn handen hadden geen wanten. Ze zaten in zijn jaszak, samen met zijn sleutels.

E-Z snoof de lucht op. Hij kon de boterige popcorn in het theater ruiken, wachtend tot ze naar binnen gingen om het te bestellen.

Ze keken naar de posters.

"En die dan?" zei zijn moeder.

"Nee, E-Z heeft die liever?" zei zijn vader.

Hij opende zijn ogen weer.

In plaats van in de achtertuin te zijn met zijn familie en vrienden, was hij terug in de silo - alweer. Hij was daar niet meer geweest sinds de aartsengelen hun overeenkomst verbraken.

"Gefeliciteerd!" riep de stem in de muur uit.

Er ging een paneel open in de muur naast hem en er kwam een cupcake uit. Op de bovenkant stond: "Gefeliciteerd, E-Z." In het midden stond een kaarsje dat al aangestoken was.

"Geniet ervan!" zei de stem, terwijl hij een mes en vork op de tafel naast hem liet vallen.

"Uh, dank je," zei hij. "Waarom ben ik hier?"

"De wachttijd is vier minuten," zei de vervelende stem. "Blijft u alstublieft zitten."

Alsof hij daar een keuze in had.

HOOFDSTUK EEN

VERJAARDAG ONDERBROKEN

E-Z RAAKTE DE CUPCAKE die voor hem zat niet aan, hoewel hij er goed uitzag en lekker rook. Hij vroeg zich af wat er aan de hand was op zijn feestje. Hij wist in ieder geval dat ze de taart pas mochten aansnijden als hij de kaarsjes had uitgeblazen en een wens had gedaan. Een of ander verjaardagsfeestje thuis waar hij niet eens bij was!

"Haal me hier weg!" riep hij. "Ik mis mijn eigen vijftiende verjaardagsfeestje en ik zat midden in een verhaal."

Het dak van de silo gapte open en Eriel vloog op hem af als een bliksemschicht in een storm.

"Het is goed om je weer te zien voormalige protégé," zei hij.

"Het gevoel is niet wederzijds. Waarom ben ik hier? Ik dacht dat ik klaar was met jullie allemaal en het is mijn verjaardag - ik moet er weer tegenaan."

"Ja, mijn excuses voor de timing - maar we konden je verjaardag niet voorbij laten gaan zonder je op zijn minst een fijne verjaardag te wensen."

"Bedankt, denk ik."

"En nu je hier toch bent, waarom eet je niet je verjaardagscupcake? En vergeet niet een wens te doen - je zult alle hulp nodig hebben die je kunt krijgen!" zei de aartsengel met een grijns.

Naast E-Z ging een raam open en een mechanische arm kwam naar buiten met een brandende lucifer. Hij stak de lont aan en trok zich toen zo snel terug in de muur dat de lucifer vanzelf weer aanging. Hij vroeg zich af wat die laatste opmerking betekende, maar dacht dat Eriel hem aan het opwinden was. Zijn hersenen werden leeg. Hij kon niets bedenken om te wensen. Afgezien daarvan was hij weer thuis bij zijn vrienden en familie om zijn verjaardag te vieren. Toen hij de kaars uitblies, begon Eriel te zingen. Het was een daverende vertolking van: "Want hij is een vrolijke kerel, dat kan niemand ontkennen."

"Sorry," zei E-Z, "maar het is de bedoeling dat je Happy Birthday zingt."

"Het is de gedachte die telt," zei Eriel. "Nu we het verjaardagssegment van jullie bezoek hebben afgesloten, willen we graag weten of jullie het raadsel al hebben opgelost?"

"Raadsel? Welk raadsel?"

"Ja, we stelden voor dat je zou proberen verbanden te leggen - in je vroegere proeven. Weet je nog dat we zeiden dat we je geen lepeltje-lepeltje wilden geven? Is het gelukt?"

"Oh, het leek me geen prioriteit of een raadsel om op te lossen, vooral omdat je je aanbod hebt laten vallen. Maar ja, ik was in mijn notitieboekje aan het schrijven over wat we tot nu toe hebben bereikt en ik zag een paar connecties met gamen, maar die waren puur toevallig."

"Toevallig! Absoluut niet. De incidenten zijn met elkaar verbonden - dat kan iedereen zien!" zei Eriel, zijn stem laag houdend om zijn kalmte niet te verliezen.

"Uh, sorry, maar toevalligheden gebeuren de hele tijd. Weet je hoeveel kinderen computerspelletjes spelen? Ik heb online gezocht. In 2011 stond dat eenennegentig procent van de kinderen tussen de twee en zeventien jaar elke dag spelen. Dat zijn ongeveer vierenzestig miljoen kinderen wereldwijd."

'Ah, dus je hebt je er op gericht. Dat is goed. Heb je er nog iets anders over ontdekt? Of zorgen die je hebt? Enige reden waarom je meer onderzoek zou moeten doen - onderzoek is goed. Initiatief is heel, heel, goed."

"Nee. Ik heb het nogal druk, met andere dingen - school en zo. Trouwens, als je wilt dat ik er verder op door ga - zul je me eerst moeten overtuigen dat het meer is dan toeval. Ik heb nog een paar statistieken bekeken. Er zijn bijvoorbeeld meer vrouwelijke gamers dan ooit tevoren. Velen hebben bedrijven opgezet op YouTube en verdienen hun brood. Geen kinderen natuurlijk, maar uit de statistieken die ik online las, blijkt dat vanaf 2019 zesenveertig procent van de gamers meisjes zijn."

Eriel tikte met zijn lange en bonkige vinger op zijn kin, alsof hij nadacht over wat E-Z hem had verteld. "Ah, ik ben weer onder de indruk. Vind je die statistieken niet zorgwekkend?"

"Uh, nee dat doe ik niet." Hij inhaleerde diep en verloor zijn geduld met het missen van zijn verjaardag. "Is het belangrijk dat we dit vandaag doen? Kun je me niet een andere keer terugbrengen? Niets waar we het over hebben klinkt kritiek."

Eriel stopte met tikken en zijn rechter wenkbrauw schoot omhoog. Hij keek de jarige aan.

"Of toch niet?" vroeg E-Z.

Eriel wachtte voordat hij antwoordde. Hij draaide zijn tong om de woorden heen, alsof hij moeite had om ze eruit te krijgen. Hij verhoogde de toonhoogte van zijn stem tot sopraan en zei: "An-y-thin-g el-se a-bou-t tho-se t-wo in-ci-de-nts? An-y-thin-g to ca-use a-l-a-rm? Om een vuur onder je te leggen?"

E-Z wenste dat Eriel het zou uitspellen en ter zake zou komen. Hij wilde zichzelf niet in verlegenheid brengen door het voor de hand liggende te zeggen of door het bij het verkeerde eind te hebben.

"Raphael had gelijk, je bent nogal dik."

"Hé!" riep E-Z. "Als je mijn hulp nodig hebt, dan doe je dat wel op een heel vreemde manier." Hij haalde zijn vinger door het glazuur van de cupcake en zoog op zijn vinger. Het smaakte goed, naar suikerspin. "Doden. De een probeerde mij te vermoorden en de ander vermoordde mensen in een winkel. Beiden zeiden dat hun motieven met het spel te maken hadden."

"Bull's eye," zei Eriel.

"En?"

"Laat maar!" Eriel verdween door het plafond en zong: "Zo dik als een baksteen, zo dik als een baksteen, zo dik als een baksteen."

E-Z stak zijn vuisten in de lucht. "Kom terug en zeg dat in mijn gezicht!"

Eriëls gelach weerklonk en weerkaatste tegen de muren.

PFFT.

"Uh, dank je," zei E-Z, waarna hij zich weer thuis bevond, op zijn feestje. Iedereen was druk bezig, spelletjes aan het spelen, hun eigen ding aan het doen - alsof hij er helemaal niet was - wat hij ook niet was geweest.

Hij keek toe hoe Sam zijn beurt nam bij de ladderbal. Hij was er niet bijzonder goed in, maar E-Z ging toch kijken naar zijn tweede poging. Nadat hij klaar was met zijn worp en het doel volledig miste, ging hij naar zijn neefje toe.

"Ik zie dat je nog steeds bezig bent om dit spel onder de knie te krijgen," zei E-Z.

"Ja, het is een aangeleerd talent. Waar ben je trouwens geweest?"

"Eriel wilde me onder andere een fijne verjaardag wensen."

"Dat was aardig van hem. Nietwaar?"

"Nou, je kent Eriel. Hij doet nooit iets zonder motief. In dit geval wilde hij dat ik een verband legde op basis van een herinnering."

"Een herinnering aan wat? Je ouders? Het ongeluk?":

"Nee, hij wilde dat ik een verband legde tussen twee van de aanstichters van het proces. Wat ik overigens deed. Toen ging hij weg en zei dat ik zo dik als een baksteen was."

"Wat onbeleefd!" riep Lia uit. Ze had meegeluisterd sinds ze zich suf verveelde bij het balwerpspel.

"En ook nog op je verjaardag," zei Alfred. Hij was nog hopelozer dan Sam, omdat hij de ballen met zijn snavel moest gooien.

"Wil je het proberen?" vroeg PJ en gaf de bal aan E-Z, die zijn stoel voor het doel zette en de bal opgooide. De bal raakte de bovenste sport, draaide een paar keer rond en landde in de premiepositie.

"Zo doe je dat!" zei Sam.

"PJ en ik hebben de hele wedstrijd zulke worpen gegooid," zei Arden.

"Ah, maar je bent mijn neefje niet," antwoordde Sam.

Het feest ging door tot het te donker was om nog spelletjes te spelen en iedereen besloot om niet mee te zingen. PJ en Arden gingen naar huis terwijl E-Z en de rest van de bende naar bed gingen.

HOOFDSTUK TWEE

PROBLEEM

TWEE DAGEN NA HET verjaardagsfeestje van E-Z zaten PJ en Arden in de problemen.

Het was Lia die een visioen had dat er iets mis was. Ze herinnerde zich het visioen aan Alfred en E-Z: "Het was alsof ze in trance waren. En ze zaten allebei aan hun bureau naar een leeg computerscherm te staren."

"Daar is niets ongewoons aan," zei E-Z. "Ze spelen wel vaker spelletjes samen en misschien lagen ze te slapen."

"Met hun ogen open?"

"Oké, laten we daarheen gaan," zei E-Z.

"Het is midden in de nacht!" riep Alfred uit.

"Toch kunnen we beter even gaan kijken."

De drie glipten het huis uit en besloten eerst naar PJ te gaan, omdat die het dichtst bij was.

"Ik denk niet dat zijn ouders zo'n laat bezoek zullen waarderen," zei Alfred.

"Ze zullen het wel begrijpen," zei Lia terwijl ze aanbelde.

Even later gooide een slaperige man, die in zijn ogen wreef, in zijn pyjama de deur open - PJ's vader.

"Wie is daar?" riep zijn moeder van binnen.

"Het zijn PJ's vrienden," zei zijn vader. "Is er iets?"

"Uh," zei E-Z, "Sorry dat ik jullie stoor, maar we moeten PJ echt spreken. Het is dringend."

"Dan kun je maar beter binnenkomen," zei PJ's vader.

HOOFDSTUK DRIE

EERDER

Eerder op de avond hadden PJ en Arden gewerkt aan de Superheldenwebsite. Ze hadden informatie bijgewerkt en een paar nieuwe elementen toegevoegd.

In het verleden werd er een e-mail naar de inbox gestuurd als er een verzoek om hulp binnenkwam. De volgende keer dat iemand inlogde, zagen ze het en reageerden ze. Met het nieuwe systeem ontvangen E-Z, Arden en PJ onmiddellijk sms-berichten.

Bovendien zou de aanvrager een autoreply met tijdstempel ontvangen. PJ en Arden waren er zeker van dat deze geautomatiseerde upgrade het vertrouwen zou vergroten en meer verkeer naar de site zou brengen.

PJ en Arden hebben ook een YouTube-kanaal met een podcast opgezet. Dit was iets nieuws dat ze hadden bedacht tijdens een brainstormsessie. Ze waren enthousiast om E-Z erover te vertellen. Het zou een uitstekende manier zijn om de online aanwezigheid *van The Three te* vergroten. Ze maakten ook een Community Board aan voor open discussie.

Het systeem categoriseerde ook inkomende berichten. Bijvoorbeeld het redden van een kat uit een boom. The Three had meerdere verzoeken voor deze dienst ontvangen. Omdat lokale functionarissen beter toegerust waren om deze oproepen te beantwoorden, maakten PJ en Arden er een Code Blauw van.

Een Code Blauw betekende dat tegen de tijd dat E-Z er was om de kat te redden, deze al gered was. Een Code Blauw gaf aan dat hij moest wachten om te zien of de situatie was opgelost voordat hij wegging.

Een code geel kan zijn dat iemand zijn sleutels is vergeten of zijn sleutels in zijn auto heeft opgeborgen. Tegen de tijd dat E-Z er was, was de situatie al opgelost. Opnieuw was het advies om te wachten en te controleren voordat je naar buiten ging.

Door Blues en Yellows te categoriseren, zouden E-Z en zijn team zich kunnen concentreren op de belangrijkere calls, namelijk de Code Reds.

Een Code Rood was wanneer levens of ledematen in gevaar waren. Sinds de website was opgezet, had De Drie nul verzoeken in deze categorie ontvangen.

Tevreden met wat ze hadden bereikt, besloten ze wat stoom af te blazen. Ze sloten zich aan bij een spel voor meerdere spelers.

"Drie meisjes," typte PJ naar Arden.

"We kunnen ze aan!" antwoordde hij.

Het spel begon en in het begin ging alles zoals altijd. Ze sloegen de meisjes in elkaar, gingen level na level omhoog en doodden alles wat ze zagen. Toen kwam alles plotseling tot stilstand.

HOOFDSTUK VIER

PJ'S PLAATS

D*E DRIE* EN PJ's ouders liepen nu door de gang zijn kamer in. Wat ze zagen was grotendeels zoals Lia zich had voorgesteld. Het verschil was dat het computerscherm nog aan stond. Het knipperde en flikkerde terwijl PJ in diepe slaap leek te zijn.

"Wat is er met hem aan de hand?" vroeg PJ's moeder. "Hij hoort in bed te slapen. Kijk naar zijn houding. Hij is waarschijnlijk uitgedroogd. Ik haal een glas water voor hem."

PJ's vader liep door de kamer en schudde de schouders van zijn zoon. Hij verwachtte dat zijn zoon wakker zou worden, maar dat gebeurde niet. In plaats daarvan gleed hij weg in zijn stoel en zou op de grond zijn gevallen als zijn vader hem niet had opgevangen. Hij droeg zijn zoon en legde hem op zijn bed.

PJ's moeder kwam terug, zette het water op het bijzettafeltje en legde toen haar lippen tegen het voorhoofd van haar zoon. "Geen koorts," zei ze.

PJ's vader tilde het rechterooglid van zijn zoon op en zag dat alleen het wit van zijn ogen zichtbaar was. "Bel 911," riep hij uit.

"Nee, ik denk dat we onze huisarts moeten bellen, dokter Flanel," zei PJ's moeder. "Hij is hier al eerder op huisbezoek geweest. Als het een noodgeval was - en dit is zeker een noodgeval."

"Mevrouw Greep," zei E-Z, "Het komt goed met hem."

"Natuurlijk doet hij dat," antwoordde ze, terwijl meneer Handle de kamer uit ging om dokter Flannel te roepen."

Toen hij terugkwam, wachtten ze allemaal zwijgend op PJ terwijl hij sliep. Alsof ze verwachtten dat hij zou opspringen en zich zou uitleven. Het zou net iets voor hem zijn om op te scheppen. Hen voor de gek houden.

Mr. Handle was onrustig en wipte met zijn been op en neer terwijl hij zat. Hij stond op, liep door de kamer en bukte om naar de harde schijf te kijken. Hij hief zijn voet op, alsof hij er tegenaan wilde schoppen, maar bedacht zich op het laatste moment en trok het snoer uit het stopcontact.

Ze keken toe hoe meneer Handgreep door zijn hele lichaam begon te trillen, totdat hij de stekker liet vallen. Hij draaide zich om en liep naar hen toe. Achter hem stroomde rook uit de harde schijf. Seconden later barstte het scherm van de monitor.

"Pak de brandblusser!" riep Alfred, maar E-Z had het glas water al gepakt en op de doos gegooid. Het knetterde en voegde zich bij het scherm, allebei absoluut dood.

PJ's moeder liep naar haar man en hielp hem te gaan zitten. "De dokter mag ook even naar je kijken als hij er is," zei ze. "Je hebt zoveel geluk. Ik kan het niet aan dat jullie twee gewond zijn."

"Ik ben in orde," zei meneer Handgreep.

Maar voor De Drie zag hij er niet goed uit. Hij was bleek, een beetje groen en een beetje grijs.

"Maak je niet druk," zei meneer Handgreep. "Bedankt voor het snelle denken, E-Z." Toen tegen zijn vrouw: "Goed dat je dat water hebt meegenomen."

"PJ zal heel boos zijn als hij ziet dat zijn computer geruïneerd is."

"Nou, nou," zei meneer Handgreep. "Hij begrijpt het wel."

Hij vulde zich duidelijk beter, want De Drie merkte dat zijn ademhaling weer normaal was, net als zijn bleekheid.

Omdat alles in orde leek, noemde E-Z Arden. "Terwijl jullie op de dokter wachten, moeten we echt even naar Arden kijken. We denken dat hij er misschien net zo aan toe is."

"Ze spelen vaak spelletjes samen, maar wat kan dit in hemelsnaam veroorzaakt hebben?" vroeg meneer Handgreep.

"Ik weet het niet, maar vind je het erg als ik even bij Arden ga kijken?"

"Ga je gang," zei mevrouw Handgreep.

"Lia blijft hier bij jullie," zei E-Z. "Ze kan ons op de hoogte houden en als je ons nodig hebt, komen we meteen terug."

"Dank je, E-Z, en Alfred," zei meneer Handgreep, terwijl hij hen naar de voordeur begeleidde.

HOOFDSTUK VIJF

ARDEN'S PLAATS

E-Z EN ALFRED GINGEN op weg naar het huis van Arden. Nog voor ze konden kloppen, deed Ardens vader Mr. Lester open.

"Hoe wist je dat?" vroeg hij.

E-Z kon hem de waarheid niet vertellen. Dus improviseerde hij een leugen. "Uh, ik ben al mijn hele leven beste vrienden met Arden, dus ik weet wel wanneer er iets mis is. Kan ik hem zien?"

"Natuurlijk, kom maar naar zijn kamer," zei Ardens moeder Mrs Lester. "Wees niet ongerust. Hij slaapt alleen maar. Morgenochtend is hij weer in orde."

Mr Lester nam de hand van zijn vrouw en leidde haar door de gang naar waar Arden lag te slapen.

"Oh," riep Alfred uit toen hij hem zag. "Hij ziet eruit alsof hij in shock is."

"Kijk onder zijn oogleden," zei Mr Lester.

E-Z trok het ooglid van zijn vriend terug. PJ's pupil was zichtbaar, maar hij was groter en leek elk moment uit zijn oogkas te kunnen exploderen. Hij sloot het ooglid er weer overheen.

Alfred Hoo-hoo'd. Dat is wat de Lesters hoorden. Wat hij zei was: "Wat kan dat nou veroorzaken? Angst? Of iets ernstigers zoals een aanval?"

E-Z haalde zijn schouders op zonder te antwoorden. De Lesters waren al bang en gestrest genoeg, plus het enige wat ze zouden doen was gissen.

"Waar heb je hem precies gevonden?" vroeg E-Z.

"Hij zat achter zijn computer," zei Mrs Lester.

"Stond het scherm aan?" vroeg hij.

"Ja, dat was het," zei Mr Lester. "We hebben onze huisarts gebeld. Hij is nu bezig met een ander gesprek, maar hij neemt contact met ons op."

"Ze hebben al een dokter gebeld bij PJ, dokter Flanel. Ik bel Lia even om te vragen of hij al een diagnose heeft gesteld."

"Ze zijn bijna hetzelfde," zei hij.

"Wat bedoel je met bijna?"

Hij reed zichzelf de kamer uit. Het was niet nodig om de Lester's nog ongeruster te maken dan ze al waren. Hij fluisterde in de telefoon: "Zijn pupillen zijn nog steeds zichtbaar, maar ze zijn enorm. Net zweren, die op het punt staan te barsten!"

"Oh, walgelijk!" zei Lia. "Misschien moet hij naar het ziekenhuis?" "Ze hebben hun huisarts gebeld, maar die is niet beschikbaar. Dus laat het me weten zodra dokter Flannel zijn mening geeft en dan geef ik het door. Je kan hem best vertellen over Arden's oog en vragen of hij onmiddellijke opname in het ziekenhuis zou aanraden."

"Zal ik doen. Ik hou contact."

Hij legde alles uit aan de Lesters. Ze staarden voor zich uit, met lege gezichten. Hij maakte zich zorgen over hoe ze het allemaal opnamen.

"Wil iemand een kopje thee?" vroeg Mrs Lester.

"Nee, dank je," zei E-Z. Mrs Lester was een van die moeders die geloofde dat thee de meeste problemen kon oplossen.

Mr Lester volgde zijn vrouw naar de keuken.

"Doe je meestal niet mee met hun spelletjes?" vroeg Alfred nu hij en E-Z alleen waren met Arden.

Soms," zei E-Z, "Maar als ik de laatste tijd vrije tijd heb, besteed ik die meestal aan schrijven. Ik heb tegenwoordig niet veel tijd voor mezelf."

"Begrijpelijk. Sorry als ik te veel rondhang."

"Nee, het is prima. Ik moet meer organiseren. Schoolwerk wordt ingewikkelder, je weet dat we op weg zijn naar een carrière en afstuderen. Ze willen dat we weten waar we naartoe gaan en we weten nog niet eens waar we zijn."

"Ik herinner me die dagen, maar je komt er wel achter. Hoe dan ook, ik ben blij dat je het spel niet met hen speelde - anders was je misschien in dezelfde staat als zij."

"Dat is waar. Ik kan me niet voorstellen waar ze zo bang voor zijn... als dat gebeurd is. Ik bedoel een spel is een spel - niet de werkelijkheid. Het moet een geweldige wedstrijd zijn geweest."

De Lesters gingen terug naar de kamer van hun zoon.

"Wat is er gebeurd?" gilde Mrs Lester.

Arden's oogleden waren nu open en onthulden een volledig witte binnenkant. Net als PJ waren zijn pupillen verdwenen.

E-Z had een déjà vu gevoel toen Mr. Lester door de kamer liep en zich bukte om de stekker uit het stopcontact te halen.

"Stop!" schreeuwde E-Z. "Raak het niet aan!"

Mr. Lester bevroor op zijn plaats.

"Mr. Handle werd bijna geëlektrocuteerd toen hij het aanraakte. Het beste is om het met rust te laten."

"Oh, godzijdank dat je hier was en me waarschuwde," zei Mr Lester.

"Ja, dank je wel E-Z. Ik zou het niet aankunnen als mijn zoon en mijn man allebei gewond waren. Ik zou het gewoon niet kunnen." Ze stak de kamer over en sloeg haar armen om haar man heen.

"Daarna crashte zijn computer, het scherm barstte en er kwam rook uit", legt E-Z uit. "Dus, PJ's computer is verbrand, gefrituurd - toast. Maar Ardens computer is nog intact. Als we weten hoe we er veilig in kunnen komen, kunnen we er misschien achter komen wat er met hen is gebeurd. Eerst moet ik Uncle Sam bellen en om zijn hulp vragen. Hij is een techneut, dus hij weet wel wat we moeten doen."

"Wacht," zei Mrs Lester. "Vertel je ons nu dat zowel PJ als Arden hetzelfde zijn?"

Hij knikte.

"Ik heb altijd gezegd dat computers slecht waren!" zei ze. "Mijn Arden is een atleet. Hij zou buiten moeten sporten, niet achter zijn computer zitten en zijn tijd verdoen." Ze snikte tegen de borst van haar man en hij hield haar vast.

"Computers zijn nodig voor school," zei Mr Lester. "Onze zoon heeft niets verkeerd gedaan en ik weet zeker dat hij elk moment weer de oude kan worden. Hij heeft een beetje slaap nodig. Een beetje rust, dat is alles. Het komt wel goed met hem."

Alfred Hoo-hoo'd.

E-Z kreeg een bericht op zijn telefoon. "Lia zegt dat dokter Flannel hen zei om PJ te laten waar hij is. Hij zei dat zijn ogen vanzelf weer normaal zouden moeten worden. Hij zegt dat PJ geen pijn lijkt te hebben. Zijn hartslag en pols zijn normaal. Hij heeft rust nodig.

"Dank u," zei Mr Lester.

"Bedankt voor het langskomen," zei Mrs Lester. "We laten het u weten als er veranderingen zijn."

E-Z en Alfred vertrokken na een lang bezoek en ontmoetten Lia en ze liepen samen naar huis.

"Ik vraag me af," zei E-Z, "of dit gedoe met PJ en Arden bedoeld is als proef. Eriel liet doorschemeren dat ik me ergens zorgen over zou moeten maken. Dat ik er zelfs achteraan zou moeten willen. Als dat zo is, weet ik niet zeker hoe ik het moet oplossen. Heb jij ideeën? Behalve dat Uncle Sam ons moet helpen om in Arden's computer te komen - ik weet het even niet meer."

"Het is vreemd, als het een rechtszaak is," zei Alfred. "Want rechtszaken zijn toch verleden tijd?"

"Dat zijn ze ook, maar als PJ en Arden gewond raken, moet ik me er wel mee bemoeien. Ook al hebben de aartsengelen onze afspraak verbroken."

"Ze lijken er allebei helemaal uit. Wat verwachten ze dat je doet? Het is niet alsof je genezende krachten hebt of zo," zei Alfred.

"Maar JIJ wel!" zei Lia.

"Dat doe ik, maar als ze bruikbaar zijn. Ik heb geprobeerd om met hun gedachten te communiceren. Maar het was alsof ze leeg waren. Ik kon ze niet bereiken. Om ze te genezen, zou er een soort verbinding moeten zijn. En er was niets waarmee ik verbinding kon maken.

"Ik vraag me steeds af of ik Ariel om hulp moet vragen. Zij is de Engel van de Natuur. Misschien is er iets wat zij me kan aanraden, of iets wat zij kan doen wat ik niet kan."

"Dat is een veelbelovend idee," zei E-Z.

WHOOPEE
Ariel is aangekomen.
"Wat is er?" vroeg ze.
Alfred legde de situatie uit.

E-Z vroeg of dit een proces was dat de aartsengelen achteraf probeerden binnen te smokkelen.

"Hoe dan ook, je moet je vrienden helpen," zei ze. "Je wilt ze toch helpen?"

"Natuurlijk wel, maar wat ik moet doen, welke actie ik moet ondernemen in een rechtszaak ligt meestal meer voor de hand."

"Hoorde ik geen gefluister, over dat je geen initiatief zou kunnen nemen?" vroeg Ariel.

"Suggereer je," vroeg E-Z, terwijl hij zijn stem laag hield om zijn kalmte niet te verliezen. "Dat de aartsengelen mijn vrienden in coma hebben gebracht om mijn initiatief te testen?"

Ariel glimlachte. "Nee, dat suggereer ik niet. Maar als het een rechtszaak zou zijn, wat zou je dan doen om hen te helpen?"

"Als ik een proef voor mijn neus krijg, gaan mijn hersenen in de versnelling. Ik weet wat ik moet doen om het op te lossen en ik ga aan de slag. In dit geval heb ik geen idee wat ik moet doen om het op te lossen. Ze zijn in medisch gevaar. Ik ben geen dokter."

Ariel sloeg haar armen over elkaar. "Wat heb je geprobeerd, Alfred?"

"Ik probeerde verbinding te maken met hun geest. Meestal als ik mensen of wezens kan genezen is er een verbinding - een die niet is verbroken door een externe kracht. In hun beide gevallen was het alsof de deur was dichtgeslagen en ik er niet doorheen kon breken."

"Dan heb je je eigen vraag beantwoord," zei Ariel. "Kan ik je nog ergens mee helpen?"

"Je hielp niet echt," zei Lia.

Alfred verontschuldigde zich.

WHOOPEE

En Ariel was weg.

"Je moet niet zo tegen haar praten," zei Alfred. "Als ze ons had kunnen helpen, dan had ze dat gedaan."

"Het spijt me, maar het is frustrerend als zij niet meer weten dan wij. Het zijn aartsengelen! Ze zouden iets moeten weten wat wij niet weten, wat is anders het nut van hen?" vroeg Lia.

"Bedoel je dat Haniel altijd elk probleem kan oplossen?"

Lia haalde haar schouders op. "Ik heb niet veel te bespreken gehad."

E-Z zei, "Eriel is nutteloos. Telkens als ik hem om hulp vroeg, weigerde hij die. Ja, hij gaf advies. Hij zei dat ik het zelf moest uitzoeken.

"Zoals toen hij me de vorige keer opriep, hij zinspeelde op een soort samenzwering, of connectie, noemde hij het.

"Toen ik raadde wat het was - spelletjes spelen - dat er een verband was, was hij nog steeds nutteloos. Ik wou dat ze het zouden zeggen. Hoe dan ook, dan kan ik me concentreren om mijn twee vrienden uit deze situatie te halen."

"Zie je wat ik bedoel?" zei Lia. "Alle aartsengelen zijn totaal nutteloos."

"Haniel heeft je geholpen, toen je je ogen pijn deed," herinnerde Alfred haar eraan.

Lia keerde hem de rug toe.

"Laten we hopen dat de dokter gelijk had en dat ze morgenochtend weer zichzelf zijn," zei E-Z. "Meer kunnen we niet doen."

Thuisgekomen gingen ze naar de achtertuin. Ze zeiden gedag tegen Kleine Dorrit en keken hoe de zon opkwam en praatten over hun volgende stap.

E-Z besprak een paar dingen die aan hem knaagden. In de Witte Kamer hadden ze hem aangemoedigd om de punten met elkaar te verbinden. Onlangs hielp Eriel hem om het te beperken.

Hij nam alles door wat het meisje in de winkel hem had verteld. Hoe ze gijzelaars had genomen, zoals in een spel. Hoe ze een kostuum droeg, zodat ze leek op een premiejager in het spel.

Vervolgens besprak hij de details van de jongen buiten zijn huis. De jongen had ronduit gezegd dat hij door stemmen in het spel was gestuurd om E-Z te vermoorden en dat als hij dat niet zou doen, zijn familie zou worden vermoord.

Toen dacht hij aan de betrokkenheid van Eriel en de andere Aartsengelen bij de proeven. Nu waren PJ en Arden erbij betrokken.

Zouden de aartsengelen hen naar binnen trekken om bij hem te komen? Was het zijn schuld - omdat hij te traag was met het oplossen van de puzzel die ze hem hadden gegeven? De aartsengelen zeiden dat ze klaar met hem waren. Ze hadden de beproevingen geannuleerd en hij was blij dat hij ze niet meer zag. Waarom waren ze terug en probeerden ze een nieuwe verbinding met hem te maken? Het kon geen toeval zijn.

Hij opende zijn mond om Alfred en Lia te vertellen waar hij aan dacht - in plaats daarvan landde hij weer in de silo. Alleen was de container dit keer niet van metaal, maar van glas en had hij zijn stoel niet bij zich.

HOOFDSTUK ZES

OP ZIJN KOP

E-Z HING ONDERSTEBOVEN IN een glazen bel en keek naar het groene gras van de aarde. Hij zat er hoog boven en zijn hoofd deed zo'n pijn dat hij bang was dat het zou barsten en de hele container zou uit elkaar spatten. Maar gelukkig was er iets dat hem overeind hield. Wat het was, wist hij niet.

In tegenstelling tot de andere keren dat hij in de silo was, was hij niet vastgemaakt (of zijn stoel was niet vastgemaakt). Wat hem ook zorgen baarde, zo ondersteboven hangend, was dat hij Eriel niet zou zien aankomen. Hij zou hem ook niet kunnen ruiken.

Zodra hij aan Eriel dacht, verschoof de container. Hij was bang om te vallen. Hij wilde zich ergens aan vastgrijpen, maar er was niets behalve de lucht. Hij sloeg zijn armen om zich heen. Toen voelde hij beweging. De glazen kamer draaide honderdtachtig graden met de klok mee. Zijn hoofd voelde meteen beter, helderder, en hij richtte zijn aandacht op zichzelf eruit krijgen. Hoe eerder hoe beter.

Maar te laat, het ding verschoof en draaide nog eens honderdtachtig graden. Zo was hij weer terug bij af.

"Howdy, Doody," gilde Eriel terwijl hij zijn gezicht tegen het glas drukte. Toen klopte hij en zong: "Laat me binnen, laat me binnen."

"Haal me hieruit!" schreeuwde E-Z.

"Rustig maar," snorde Eriel. "Je bent hier uit de goedheid van mijn hart. Ik wilde het je persoonlijk vertellen: je vrienden zijn in gevaar."

"Bedoel je PJ en Arden?" Eriel knikte. "Nou, dat weet ik al! Jij grote hansworst!"

"Stokken en stenen zullen mijn botten breken, maar namen kunnen mij nooit pijn doen," zong Eriel.

"Als je me hier niet weghaalt - nu meteen - dan doe ik je meer aan dan stokken en stenen kunnen doen!"

Eriel tikte met zijn knokige vinger tegen zijn kin. Hij was tenslotte nog steeds rechtop, wat een voordeel was ten opzichte van het perspectief waarin E-Z zich bevond.

"Ik wilde je laten weten dat je je geen zorgen hoeft te maken, ook al zijn je vrienden in gevaar. Ze zijn niet in superhelden gevaar." Hij pauzeerde. "Een klein vogeltje vertelde me dat je denkt dat we nog een proef langs je heen proberen te laten glippen...nou dat doen we niet. Laat ze maar aan het lot over."

"Hoe bedoel je, ze zijn niet in superheldengevaar?" schreeuwde E-Z.

Eriel verdween en de glazen container viel. Hij zwaaide, hield zichzelf in evenwicht. Hij viel weer. Dit ging maar door, totdat hij er zeker van was dat zijn schedel spoedig als een ei zou openbarsten op de stoep.

Toen zag hij Alfred aan de rand van het gazon aan het gras knabbelen.

"Hé!" riep E-Z. "HEY!"

Alfred stopte met eten en waggelde erheen. Hij zag zijn vriend ondersteboven in een glazen bel hangen.

"Wat doe je daar?" vroeg de trompetzwaan.

"Eriel!" riep E-Z uit.

"Genoeg gezegd. Ik ga Sam wakker maken. Ik hoop dat hij weet wat hij moet doen om je daar weg te krijgen."

"Goed idee en vraag hem mijn stoel te brengen."

Terwijl hij wachtte, vervloekte E-Z zichzelf. Hij had een kans gemist om meer informatie van Eriel te eisen. Hij had zich als een slachtoffer gedragen. Hij had zijn twee beste vrienden in de steek gelaten.

Hij formuleerde een plan. Als ik hier uit ben, ga ik Eriel zoeken en ik zorg ervoor dat hij me vertelt hoe ik PJ en Arden kan redden. Ik laat hem zweren dat hij me nooit meer in deze positie zal brengen.

Wacht eens even. Als PJ en Arden niet in superhelden gevaar waren. In wat voor gevaar waren ze dan wel? Moesten ze gered worden? Of had Doc

Flannel gelijk toen hij zei dat ze er wel overheen zouden komen en snel weer de oude zouden zijn?

Hij hield niet van de "laat ze aan het lot over" verklaring. Hij geloofde dat we ons eigen lot bepalen en zijn twee vrienden lagen in coma. Ze konden zichzelf niet helpen, dus ging hij ze helpen. Wat Eriel ook zei.

Uiteindelijk kwam Uncle Sam naar buiten met een groot stuk gereedschap in zijn hand. "Het is een glassnijder," zei hij. "Ik wist dat het ooit van pas zou komen toen ik het kocht in zo'n infomercial op televisie. Ze zeiden dat het door glas kon snijden als boter. Eens kijken of dat geen valse reclame was." Hij sneed rond de bodem. Langzaam. Voorzichtig.

"Hé, schiet op, ik stik hier! Als de zon opkomt, verbrand ik."

"Geduld, lieve jongen," koerde Alfred.

"Bijna klaar," zei Sam. Hij zat op zijn knieën, terwijl de cutter de bodem van de container opensneed. Ondertussen nipten de knieën van zijn pyjama van het bedauwde gazon. "Ik neem aan dat Eriel er iets mee te maken had dat jij daar in zat?"

"Affirmatief."

Sam was klaar met snijden en liet zijn neefje los, waarna hij hem in zijn rolstoel hielp.

"Bedankt, Uncle Sam."

"Graag gedaan. Nu uitleggen, alsjeblieft?"

"Ik ben te moe. En ik ben te geïrriteerd om het uit te leggen. Kunnen we dit alsjeblieft morgenochtend doen?"

De zon bloedde rood terwijl hij zich een weg naar de horizon baande.

Over een paar uur zou E-Z bij zijn vrienden moeten gaan kijken. Hij hoopte dat ze in orde zouden zijn. Weer normaal. Dan hoefde hij er geen moment meer over na te denken. Zo niet... zo niet. Hoe dan ook, alles zou beter gaan als hij wat geslapen had.

"Ik kan hem alles uitleggen," bood Alfred aan.

"Wat weet jij ervan? Ik moest tegen je schreeuwen om je aandacht te krijgen."

"Oh, ik heb alles gezien. Wat denk je dat ik hier deed? Ik wachtte tot je om hulp zou vragen. Ik wilde je Eriel-tijd niet onderbreken."

"Onderbreken. Heel grappig. Oké, breng hem op de hoogte. Ik ga even een dutje doen. Ik ben te moe om nog na te denken." Hij rolde zichzelf de oprit op en het huis in en liet zich volledig aangekleed in bed vallen.

E-Z droomde dat het zijn zevende verjaardag was. Zijn ouders hadden het overdekte virtuele speelpark afgehuurd. Hij had in totaal twaalf kinderen uitgenodigd, dus ze waren met z'n dertienen en één team moest een extra speler hebben. Omdat het zijn dag was, werden er teams gevormd en de laatst gekozen speler ging in zijn team. Ze noemden zichzelf de Ball Breakers. Het andere team, onder leiding van Kyle Marshall, noemde zichzelf de Bat Shitz.

"Je mag die naam niet gebruiken," zei het team van E-Z. "Het is bijna een scheldwoord."

"Ah, denk nog eens na," zei Marshall. "De spelling is Shitz. We zijn vernoemd naar mijn hond. Ze is een Shitz-hu."

"Laten we spelen," zei E-Z.

PJ en Arden zaten in het team van E-Z. Het team van het tornadotrio schopte het team van Bat Shitz tot ze allemaal te moe waren om te bewegen.

"Het eten wordt opgediend," riep de moeder van E-Z. De ouders wachtten in het aangrenzende restaurant. Ze hadden een heleboel pizza's besteld, emmers frisdrank en uiteindelijk een taart vol met kaarsjes.

De kinderen verlieten samen de speelruimte. Al snel realiseerde Arden zich dat hij zijn baseballpet had laten liggen.

"Ik kan het niet achterlaten! Ik moet terug!"

"We gaan met je mee," zei E-Z. "Geef me even om het mijn moeder te vertellen."

"Ik zal het haar laten weten," zei Kyle die vlakbij stond.

E-Z, PJ en Arden liepen achteruit. Toen ze de pet niet konden vinden, liepen ze verder.

"Het moet hier ergens zijn!" zei Arden.

"Ik had zeker niet gedacht dat het zover zou komen," zei E-Z.

"Die gieren eten alle pizza's op voordat we terug zijn," zei PJ.

"Maak je geen zorgen, mevrouw Dickens zal wat eten voor ons bewaren. Ze weet dat we niet lang wegblijven."

De gang breidde zich uit naar een ander gebouw, een andere plaats. Voor hen lag een reusachtige guillotine. Bovenaan, boven de kling, stond de pet van Arden. Op de kling zelf stond een teken. Het droop nog van de rode verf, of bloed. Er stond: "Hier gaat het hoofd."

"Dromen we?" vroeg Arden. "Want zo hard heb ik mijn baseballpet echt niet nodig."

"Luister. Stemmen," zei E-Z.

Gefluister, heel zachtjes, maar gemompel. Eerst was het een eenzame vrouw. Toen kwam er een andere bij, voor een duet. Toen kwam er nog een bij voor een trio. Het gefluister veranderde in een gezang.

"Ik kan geen woorden verstaan," zei PJ.

"Shhh," zei E-Z, terwijl hij zijn vinger tegen zijn lippen hield.

Terwijl de stemmen zongen,

"B-link en je bent dood.

B-link en je bent dood.

B-link en je bent dood, B-link en je bent dood," op de melodie van Happy Birthday to you.

"Dat is eng!" zei PJ.

"Laten we teruggaan," zei Arden, toen de deur waardoor ze naar binnen waren gekomen dichtsloeg en voetstappen door de gang weerklonken.

De voetstappen werden luider.

KLANK. KLANK. KLANK.

Chainmail. Dichterbij komen. Gelaarsde voeten. Een soldaat. Een zeer lange figuur, met capuchon. Hij draagt iets van zilver: een messenslijper.

Toen hij de voet van de guillotine bereikte, haalde de gemaskerde figuur een veer uit zijn zak. Hij legde hem tegen het lemmet. Het sneed er doorheen als boter. Toch ging hij door en slijpte het verder. Terwijl hij het lemmet slijpte, bromde hij onder zijn adem, alsof hij genoot van zijn werk.

"Alsof het guillotineblad nog niet scherp genoeg is!" fluisterde PJ. "Haal me hieruit!"

Arden rende naar de deur en begon erop te slaan. "E-Z je moet ons hier weghalen! Je moet ons helpen! Help ons alsjeblieft!"

BERICHT LADEN.

De gezichten van PJ en Arden verschenen op het scherm. Ze zeiden twee woorden:

"WAARSCHUW ZE."

E-Z werd wakker toen oom Sam met zijn vuisten op de deur van zijn slaapkamer sloeg. "Sta op E-Z, we kunnen Lia niet vinden!"

Nu hij wakker was, besefte hij dat ze contact met hem had gezocht. Om hem bij te praten. Hij controleerde zijn telefoon. Een bericht met een update.

"Het is oké," zei E-Z, "ze is bij PJ. Zeg Samantha dat ze in orde is. Ik moet snel naar hem en Arden toe. Waar is Alfred?"

"Hij is in de tuin," zei Sam. "Wil je ontbijten voor je gaat?"

"Een tosti met gegrilde kaas zou lekker zijn. Bedankt."

Terwijl E-Z zich aankleedde, dacht hij na over zijn droom. De jongens spraken met hem door een gemeenschappelijke gebeurtenis die ze hadden meegemaakt toen ze zeven jaar oud waren. Hij moest uitzoeken waar het over ging. Hen waarschuwen? Warm wie precies op? Dit was een duidelijke aanwijzing, maar wie wilden ze precies dat hij waarschuwde?

Ja, hij wist heel zeker dat ze hem iets probeerden te vertellen, maar wat precies? Hij had opnieuw het stiekeme vermoeden dat het iets met Eriel te maken had.

Eerst ging hij naar het huis van Arden, en de arme man lag net als voorheen zombieachtig in zijn bed. Er was een dokter bij hem toen E-Z en Alfred naar binnen gingen.

"Wat is de diagnose?" vroeg E-Z.

"Haal eerst dat gevogelte hier weg!" riep de dokter uit.

Alfred Hoo-hoo'd uit protest en waggelde toen weg. Buiten at hij wat gras en maakte zijn veren schoon.

De dokter keek naar Mr. en Mrs. Lester, "Hoeveel wilt u dat dit kind weet?"

"Dit is E-Z, hij is een van Ardens beste vrienden."

"Ik weet wie hij is, ik heb hem op televisie mensen zien redden."

E-Z wist niet wat hij moest zeggen, dus zei hij niets, maar de houding van deze dokter beviel hem niet.

"Arden ligt in coma."

"Ja, dat dacht ik al. Wanneer komt hij er weer bovenop? Dokter Flanel in het bejaardentehuis - waar PJ in dezelfde toestand is - zei dat hij snel weer normaal zou zijn."

"Dat weet ik niet. Zijn lichaam beschermt hem tegen iets, dus hij zal wakker worden als hij daar goed genoeg voor is. In de tussentijd stel ik voor dat er iemand vierentwintig uur per dag bij hem blijft." Dan tegen de Lesters: "Misschien is het het beste als jullie allebei een verpleegster inhuren. Ik kan iemand aanbevelen. Als jullie thuis kunnen werken, zou dat het beste zijn. Ik neem over een paar dagen weer contact met jullie op."

"Over een paar dagen," herhaalde Mr Lester.

Mrs Lester leidde de dokter het huis uit.

E-Z volgde. "Als ik kan helpen, een dienst aan zijn zijde kan draaien, aarzel dan niet om het te vragen. Ik ga nu naar PJ. Lia is er al en ze sms'te dat hij hetzelfde is."

"Hou ons op de hoogte en doe de groeten aan de familie van PJ."

"Komt in orde," zei E-Z terwijl hij en Alfred herenigd werden. Beiden stegen van de grond en vlogen naar PJ's huis.

Terwijl ze zij aan zij verder vlogen, zei Alfred: "Ik vond die dokter maar niks. Als iemand onaardig is tegen dieren... vertrouw ik hem niet."

"Ik begrijp je, maar hij deed alleen maar zijn werk."

"Wij zwanen hebben geen plagen veroorzaakt of...laat maar. Ik ben de vogelgriep vergeten - maar dat kwam door mensen."

Ze landden bij PJ's huis, waar Lia hen opwachtte met de deur open.

"Hoe gaat het met jullie twee?" vroeg ze.

"Prima," zei Alfred.

"Ah, hij is een beetje nijdig omdat Arden's dokter hem uit de kamer heeft gegooid, maar ik ben in orde, bedankt. En jij?"

"Met mij gaat het goed, maar PJ's ouders worden gek en er is geen teken van herstel."

"Hebben ze de dokter teruggeroepen?" vroeg Alfred.

"Nee. Hij gaf ze hoop, maar verder niets, vooral dat hij er weer bovenop zou komen. Maar ik ben bang dat hij het mis heeft." Ze pauzeerde, bloosde een beetje.

"Oh, nog één ding, toen ik zijn hand vasthield." Ze keek de twee aan. "Hij, nou ik weet niet zeker of ik het me verbeeldde, of dat hij het echt deed - maar ik dacht dat hij erin kneep."

"Bedankt dat je bij hem blijft. We moeten shifts nemen met zijn ouders, zodat niemand te moe wordt. Je kunt nu naar huis gaan en wat tijd met je moeder doorbrengen. Ze is vast benieuwd naar je." Hij was niet van plan om over het handje vasthouden te beginnen.

"Ik ga wel weg als jij dat ook doet," zei Lia terwijl ze zich een weg baanden naar PJ's kamer.

Alfred, Lia en E-Z waren nu alleen met PJ.

"Ik had vannacht een vreemde droom. PJ, Arden en ik waren op mijn zevende verjaardag - maar de dingen gebeurden niet zoals toen. Ze probeerden met me te communiceren via een gebeurtenis die we deelden, maar ik weet niet zeker wat ze probeerden te zeggen."

"Vertel ons de droom," zei Alfred. "En laat niets weg."

"Ja, vertel het ons en we zullen kijken of we je kunnen helpen het te interpreteren."

"Nou, het begon normaal. Alles was zoals het die dag ging, totdat Arden zijn baseballpet vergat en wij, met z'n drieën terugkwamen om hem te halen."

"Dus hij heeft zijn baseballpet niet verloren op het echte feest?"

"Nee, dat deed hij niet. Hij was zelfs zo geobsedeerd door die pet dat we hem vaak plaagden dat die op zijn hoofd geplakt zat. Dus dit was een belangrijk deel van de droom. En daar liepen we terug naar de speelruimte en de gang leek veel langer te zijn dan toen we hem verlieten.

We hebben een hele tijd gewandeld. We kletsten wat, zoals we altijd deden. We hadden het eerst niet door, we waren al een hele tijd aan het lopen. Arden overwoog de pet te laten waar hij was omdat het zo lang duurde om er te komen, maar we besloten hem te halen. Hij zei dat de pet sentimentele waarde voor hem had."

"Interessant," zei Lia. "Weet je waarom hij zo van de pet hield?"

"Hij droeg het altijd omdat hij van het team hield. Ik heb nooit geweten dat er in het echte leven een andere sentimentele band was dan met het team zelf. En in de droom, op dat moment, niet totdat hij het zei. Dus, toen werd de gang groter en bevonden we ons in een grote luchtige ruimte, zoals een auditorium. In het midden van de kamer stond een gigantische guillotine."

"Wat vreemd!" zei Alfred.

"Het is best eng," zei Lia.

"Er is nog meer. Bovenaan, boven het lemmet was Arden's pet en eronder een bordje met de tekst: Hoofd gaat hierheen."

Lia en Alfred snakten naar adem.

"Arden zei dat hij de hoed niet meer zo leuk vond. En toen werd het donker en hoorden we zware voetstappen op ons afkomen. Laarzen. Geklik in kettingen of harnassen. Toen werden de lichten weer aangestoken en kwam er een man binnen met een kap over zijn hoofd. Hij ging naar de guillotine en slijpte zijn messen, de een na de ander."

"Wat dan?" vroeg Alfred.

"Toen verscheen er een computerscherm met de tekst LOADING en een beeld van hen tweeën. Ze zeiden twee woorden:

"WAARSCHUW ZE."

"Wat dan?" vroeg Alfred opnieuw.

"Toen maakte oom Sam me wakker en vroeg of ik wist waar Lia was."

"Dat is niet veel om mee verder te gaan," zei Lia, "Hield hij van die pet? En wie moet er gewaarschuwd worden?"

"Arden's favoriete team was en is nog steeds de Boston Red Sox. De pet was een geschenk voor hem - authentiek - hij zou hem nooit achterlaten, wat er ook gebeurde. Toch heeft hij minstens twee keer overwogen om hem in de droom achter te laten."

"Maar hij was niet enthousiast genoeg om zijn hoofd in de guillotine te steken om het te krijgen," zei Alfred.

"Wie zou dat zijn!" vroeg Lia.

"Ik wou dat we Arden's computer konden gebruiken. Ik wed dat er een aanwijzing op staat. Ik wed dat hij een bestand heeft, iets verborgen dat ik zou kunnen vinden. Misschien ging de droom daarover. En waarom hij mij de aanwijzing gaf."

Lia zocht op haar telefoon online naar de betekenis van een droom met een guillotine erin. "Er staat dat het staat voor angst of bezorgdheid. Uitgezonderd worden of je ergens voor schamen."

"Ik denk dat ik een idee heb," zei E-Z terwijl hij door zijn lijst met contacten op zijn telefoon scrolde.

"Wacht even," zei Alfred, "bel Sam."

"Je hebt gelijk, misschien moet ik dit eerst met hem bespreken." Hij belde Sam en legde de situatie uit.

Sam zei dat hij meteen naar Arden zou komen en dat ze hem daar zouden ontmoeten.

"Alles goed hier?" vroeg PJ's moeder. "Wil je iets drinken of zo?"

"Nee dank je, maar Uncle Sam gaat naar Arden en wij ontmoeten hem daar. We nemen een kijkje op Arden's computer en zoeken uit waar hij het laatst mee bezig was. Jammer dat PJ's computer kapot is."

"Dat is een slim idee. We hoorden dat Arden's ouders ook een dokter hebben ingeschakeld, heeft hij geholpen?"

"Nee, dat was hij niet."

"We houden je op de hoogte als we iets horen," zei Lia terwijl ze aan PJ's voorhoofd voelde.

"Je bent een braaf meisje," zei PJ's moeder. Toen verliet ze de kamer, vechtend tegen de tranen.

Toen ze bij Ardens huis aankwamen, stond Sam buiten op hen te wachten. Hij had zijn laptop bij zich en een tas vol computergereedschap en nog wat andere dingen.

Samen gingen ze naar binnen waar Sam zijn eigen computer, een laptop, aan de andere kant van de kamer in het stopcontact stak en vervolgens een blik wierp op Ardens opstelling. Hij was recht in het stopcontact gestoken. Zonder beschermbeugel voor onverwachte stroompieken. Maar goed dat hij er altijd een in zijn tas had.

Nadat hij de veiligheidsstang had vastgezet, sloot hij de computer van Arden erop aan. Ze wachtten - en er gebeurde niets. Dat zag hij als een goed teken, hij klikte de stroom aan en Arden's computer kwam tot leven. Er was een wachtwoord nodig. Een wachtwoord dat geen van hen kende.

"Enig idee?" vroeg Sam.

E-Z typte Boston Red Sox in. Hij probeerde de tweede naam van Arden, Daniel. Niet goed.

"Probeer de guillotine," stelde Alfred voor.

"Bingo!" zei E-Z, nu hoefde hij alleen nog maar in de geschiedenis te zoeken.

"Laat mij maar," zei Sam, terwijl hij in de instellingen klikte, op zoek naar iets ongewoons. Er was niets ongewoons.

"Wat was het laatste dat hij deed? Speelde hij een spelletje?" vroeg E-Z.

Terwijl Sam klikte om erachter te komen, vloog de piekstroomstang in brand. Oom Sam rende weg om het vuur te doven, maar tegen de tijd dat hij terugkwam had E-Z het al gesmoord met een deken. "Goed bedacht," zei hij.

"Ik hoop dat Arden's moeder dat ook vindt!"

"Pak de harde schijf!" zei Sam, wat hij deed voordat hij werd gefrituurd. "Nu nemen we dit mee en kijken we wat we kunnen zien."

HOOFDSTUK ZEVEN
DISCUSSIE

Terwijl ze hun weg naar huis vervolgden, dacht E-Z nog steeds na over het "Waarschuw hen" bericht. Zou het meer dan een droom kunnen zijn geweest?

"Ik vraag het me af," zei hij.

"Waarover?" vroeg Sam.

E-Z legde uit over zijn droom en de boodschap en voegde toen zijn nieuwe idee toe om te zien wat ze ervan vonden.

"PJ en Arden hebben dingen opgezet op de website zodat we in de toekomst Podcasts kunnen doen. Ik vraag me af of ik het moet gebruiken, zodra we weten wie we moeten waarschuwen. We kunnen zeker veel mensen bereiken."

"Dat is een briljant idee!" zei Sam, "Maar moeten we nu geen volgers opbouwen? Zodat als we klaar zijn om de waarschuwing over te brengen, we al wat abonnees hebben?"

"Wat zou ik zeggen?"

"Laten we erover nadenken," zei Lia. "En we zullen aan je zijde staan."

"Ik vind het prima om een deel van het praten te doen."

Thuis aangekomen gingen ze naar binnen.

HOOFDSTUK ACHT

BRANDY LEEFT

Toen ze hem voor het eerst zag, was het de muziek die ze gemeen hadden. Ze speelde piano, beter dan gemiddeld maar niet uitzonderlijk goed. Haar muziekleraar zei dat ze een natuurlijke aanleg had - wat dat ook mocht betekenen. Maar ze kon alleen liedjes spelen die iets voor haar betekenden. Dan kon ze ze onthouden en meteen spelen. Maar door haar te dwingen iets te spelen wat ze niet leuk vond, kreeg ze een hekel aan lessen.

Ze hield vol. Ze dwong zichzelf zelfs toen ze het haatte. In de hoop dat ze zich een plaats in de schoolband kon veroveren.

Haar ouders wilden iets om te laten zien voor alle lessen die ze hadden betaald. Ze stonden erop dat ze bij de band ging - om meer betrokken te raken bij schoolactiviteiten.

"Het zal goed staan op je aanmelding voor de universiteit," zei haar vader.

"Doe je best, dat is alles wat we vragen. Doe je best!" zei haar moeder.

De audities van de middelbare school van dit jaar zaten echter vol met getalenteerde kinderen. Een getalenteerde mannelijke drummer stond al op het podium toen ze de aula binnenkwam.

Met zwetende handpalmen en een bonzend hart bewoog ze zich langs de lijn. Een rij leerlingen en leraren klapte en tikte op hun tenen. Ze kon de vloer voelen pulseren bij elke slag.

Als een robot bleef ze langs de rand van de zaal lopen, tot ze zo dicht mogelijk bij het podium was.

Nu sloop ze de deur uit, ging backstage. Stond bij de andere artiesten en applaudisseerde alsof ze er altijd al was geweest.

Het was een briljant plan. Iedereen was zo bezig geweest met zijn auditie, dat ze niet eens hadden gemerkt dat ze zich in de rij had gesneden.

"Wie is hij?" fluisterde ze tegen het meisje voor haar in de rij.

"Shhhhh!" antwoordden de andere wachtenden.

Hij drumde verder, uitgedost in spijkerstof, met zijn blonde haar zwaaiend en springend. Toen leunde hij dichter naar de microfoon toe en zijn diepe melodieuze stem voegde zich bij de beat.

Ze duwde haar iets dichterbij en merkte dat ze jeuk had die er eerder niet was geweest. Op haar handpalmen, haar armen, haar benen. Ze krabde en vond geen verlichting. Het werd zelfs erger en al snel leek het alsof haar huid in brand stond. Toen verslechterde haar ademhaling en haar hartslag vertraagde.

"Kalmeer jezelf," fluisterde ze hardop en in haar hoofd.

Het was het laatste wat ze zich herinnerde voordat ze wakker werd in een rijdend voertuig.

HOOFDSTUK NEGEN

OVER BRANDY

H ET VOERTUIG REED TE hard over de snelweg. Ze zat op de achterbank. In wiens auto zat ze? Het was geen voertuig dat ze herkende.

Ze probeerde recht te gaan zitten; haar hoofd deed pijn - alsof er een trein doorheen raasde. Ze sloot haar ogen even en luisterde, terwijl ze probeerde te bedenken hoe ze daar terecht was gekomen. De auto zelf rook vreemd, nieuw en oud tegelijk.

PFFT.

De luchtopening scheidde een geur af die haar maag op hol deed slaan en ze moest overgeven.

"Hé, let op het interieur," zei een mannenstem. "Het is leer, het echte werk." Zijn telefoon ging en hij sprak erin via een microfoon in het vizier. "Ja, we zijn er zo," zei hij. Hij verbrak de verbinding en zette de radio harder.

Haar handen waren vastgebonden, niet achter haar zoals ze in de films had gezien, maar voor haar, net boven de vastgemaakte veiligheidsgordel. "Ik wil naar huis!"

"Binnenkort," antwoordde de mannenstem boven het refrein van een Drake-deuntje.

Na een reis van wat zij dacht een minuut of dertig, stopte hij bij een benzinestation. Hij sloot haar op, gooide de deur achter zich dicht en liet haar zonder een woord te zeggen achter.

Ze keek uit het raam en deed haar best om niet weer over te geven. Haar ontvoerder, of wat dan ook, was naar binnen gegaan. Ze hoopte dat hij geen ontvoerder was die van plan was losgeld te vragen. Haar ouders hadden geen geld om voor haar terugkeer te betalen. Ze concentreerde zich op het moment, merkte op dat de deuren geen handgrepen hadden en dat de knoppen om het raam te openen niet werkten.

Aan de andere kant van de auto zag ze een man tanken.

"HELP!" riep ze, terwijl ze alles gaf wat ze had. Ze wist dat dit misschien haar enige kans was.

Toen hij niet reageerde, bonkte ze met haar riemen op de gesloten ramen. Het was moeilijk om geluid te maken in deze vissenkom van een auto. Ze wierp een blik achterom en haar ontvoerder keerde terug naar de auto met een blikje pop en twee chocoladerepen bij zich. Toen hij achter het stuur kroop, gooide hij een chocoladereep over zijn schouder naar haar toe. Ze kon hem niet pakken, ze haatte dat soort chocoladerepen, om nog maar te zwijgen van het feit dat ze onlangs had overgegeven.

"Ik heb dorst," zei ze.

"Wat wil je?" vroeg hij, ging naar binnen en kwam bijna meteen naar buiten met een fles water.

Hij maakte de dop los en stopte hem in haar handen. Hoewel ze vastgebonden waren, kon ze na een paar pogingen wat water in haar mond krijgen. De voorkant van haar t-shirt droop van het water. Ze vond het niet erg, het spoelde wat van de barffige geur weg.

"Dank je," zei ze.

Even later zaten ze weer op de snelweg. Hij versnelde, ging voorsorteren en haar gordel raakte los. Ze tuimelde achterin de auto rond, als een dobbelsteen die zonder richting rolde.

"Hou op, idioot!" zei de man, terwijl ze met vastgebonden handen probeerde de veiligheidsgordel weer vast te maken.

De banden toen de bestuurder roekeloos van rijstrook veranderde. Andere bestuurders trapten op de rem om hem uit de weg te blijven. Toen reed hij naar de afrit. Hij trapte op de rem, stopte. Stapte uit de voorstoel, opende de achterdeur.

Ze stond klaar met haar voeten naar hem toe gericht en sloeg hem met al haar kracht in één grote trap met twee voeten. Hij viel op de grond en zij was uit de auto, wild rennend toen een auto haar raakte, toen nog een, toen nog een.

Hij stapte weer in de auto en reed weg.

"Stomme meid!" riep hij uit.

HOOFDSTUK TIEN

BRANDY HERINNERT ZICH

"HET IS WEER GEBEURD, hè?" vroeg haar moeder terwijl ze Brandy uit het winkelwagentje hielp. "Wat is er deze keer gebeurd?"

"Sorry, mam," zei de tiener, terwijl ze zich bukte om haar schoen vast te knopen. Haar handen voelden zo goed, nu ze niet meer vastgebonden waren.

Haar moeder boog zich voorover en fluisterde: "Was het hetzelfde als de andere keren? Ben je flauwgevallen?"

Ze stond op en keek naar de deur.

"Vertel het me," zei haar moeder, terwijl ze haar dochter voor zich uit schoof zodat ze dicht bij elkaar stonden en niemand anders het kon horen. Bovendien was er niemand anders in hun gangpad.

"Ik was op school, bij de audities. Een jongen speelde solo op de drums en zong. Hij was echt uitstekend."

"En ook dromerig verwacht ik?" vroeg haar moeder.

Ze voelde haar wangen heet worden. "Mijn hart versnelde, ging tekeer en mijn handpalmen werden zweterig en ik voelde me raar. Voor ik het wist, zat ik vastgebonden achterin een rijdend voertuig!"

"Vastgebonden? In een auto? Wiens auto? Wie reed er? Waar ging je heen?"

"Ik herkende de auto of de bestuurder niet. Hij praatte tegen iemand met zo'n handvrije microfoon. Hij reed goed tot hij de snelweg opreed. Toen reed hij als een maniak en ik deed alsof de gordel los was. Toen hij van de weg af ging en stopte, schopte ik hem zo hard dat hij omviel en ik er vandoor ging."

"Gelukkig ben je weggekomen. Is er iemand gestopt om je te helpen? Ik hoop dat je hun nummer hebt, zodat ik ze kan bellen en bedanken."

Brandy sprak niet, want ze herinnerde zich de auto's, één, twee, drie toen ze haar raakten en ze stierf. Opnieuw. En belandde weer bij haar moeder in de supermarkt.

"Praat tegen me," zei Brandy's moeder.

"Ik stierf - opnieuw," zei Brandy "en belandde hier. Opnieuw."

Ze ging op de grond zitten, of liever gezegd, haar knieën werden slap en ze zakte door haar knieën. Haar moeder volgde, als een domino.

Ze zaten bij elkaar en hielden elkaars hand vast zonder te spreken.

HOOFDSTUK ZEVEN

BRANDY DAN

"S CHIET OP, BRANDY!" HAD haar moeder de laatste keer gezegd. De laatste keer dat haar enige dochter was gestorven - en herrezen.

Toen de meeste ouders naar de supermarkt moesten met hun kinderen op sleeptouw, konden ze niet snel genoeg weg zijn.

Brandy was niet zo'n kind. Ze gaf de voorkeur aan winkels boven parken, sport - bijna elke activiteit. Met haar gaan winkelen was de enige manier om haar het huis uit te krijgen.

Het was niet helemaal Brandy's schuld. Ze was geboren met een zeldzame hartkwaal. Ze zeiden dat ze daar wel overheen zou groeien. Dus rennen en spelen met de andere kinderen was geen optie voor haar.

Bijgevolg was ze van het winkelcentrum gaan houden, maar het allerleukst vond ze de kruidenierswinkel. En het was altijd vrij rustig in de voedselgangen. Behalve toen ze een keer gratis dvd's uitdeelden. Brandy raakte zo opgewonden dat ze geen adem meer kreeg en ze met spoed naar het ziekenhuis moest.

Ze was toen drie jaar oud.

HOOFDSTUK TWEE

NU BRANDJE

Nu haar dochter veertien was, leek het steeds minder te gebeuren. Toch vroeg ze zich af wat er zou gebeuren als ze te groot was om in het winkelwagentje te passen.

"Waarom hier, denk je?" vroeg Brandy's moeder, "Waarom altijd alleen jij en ik en hier?"

"Ik weet het niet mam, maar ik weet wel één ding. Ik wil winkelen. Ik wil eten en drinken kopen en ik ben weg. Blijf hier als je wilt, ik ben zo terug. Hier, speel Solitaire op je telefoon. Het zal je zenuwen kalmeren en winkelen zal de mijne kalmeren."

De vrouw zat op de grond terwijl de karretjes kwamen en gingen en richtte al haar aandacht op het spelletje Solitaire. Haar dochter kende haar zo goed. Toch probeerde ze zich geen zorgen te maken over hoeveel - nee hoe weinig - ze haar man moest vertellen. Ze had het hem de vorige keer niet verteld, toen haar dochter was overleden, of de keer daarvoor, of de keer daarvoor. Ze had hem alleen verteld dat ze waren gaan winkelen en dat het stressvol was geweest.

"Ik ben er klaar voor," had Brandy gezegd, die keer dat ze een klein meisje was met armen vol cornflakes en popcorn.

Toen gingen ze naar de zelfbedieningskassa.

"Laat mij het doen, mam!"

Dat zei Brandy altijd. Ze vond het prachtig om te zien hoe de kassamedewerker elk voorwerp scande. En God helpe hen als de scan verkeerd was.

Brandy en haar moeder waren nu klaar voor vandaag en keerden terug naar de auto. Brandy ging voorin zitten en gespte zich vast. Ze reden weg en stopten alleen even bij de drive-through om twee hot fudge sundaes te halen.

"We hebben vandaag een paar uitstekende koopjes gedaan," zei Brandy toen en ze zei het nu weer.

"Ik weet dat je lief hebt, maar ik zou toch graag meer willen horen over je incident van vandaag. Kun je je nog iets herinneren over wat er gebeurd is? Je moet doodsbang zijn geweest, helemaal alleen in een auto met een vreemde? Wat ik niet begrijp is, hoe zoiets gebeurt. Was deze anders dan de andere keren? Je zei dat je het ene moment bij de auditie voor de schoolband was en het volgende moment zat je in een auto?"

"Ja, ik wachtte op mijn beurt om op te treden, samen met de andere leerlingen. We luisterden allemaal naar een jongen op de drums. Hij was ongelooflijk, hij zong en speelde. Ik stond bijna vooraan in de rij toen, ZAP, ik weg was."

"Oh, ik hou niet van het geluid van die ZAP."

"Zo gebeurde het mam. Eerst jeukten mijn handen, toen mijn benen, mijn armen."

"Heb je me niet eerder over de jeuk verteld?"

"Het gebeurt. Meestal kalmeer ik mezelf. Deze keer werkte niets en, nou ja, je weet wel, het Z-woord."

"Ik moet het vragen, maar denk je dat dit misschien gebeurd is omdat je de auditie wilde vermijden? Ik bedoel zelf auditie doen. Het is niet iets wat je graag deed."

Brandy trommelde met haar vingers op de arm van de deur. "Ik zou niet bij een vreemde in de auto springen om een auditie te ontlopen," zei ze.

"Oké schat," zei haar moeder, terwijl ze tranen in haar ogen kreeg. Ze had de verkeerde dingen gezegd - alweer. Ze zei altijd de verkeerde dingen als het ging om de... hoe moest ze het noemen? De reisavonturen van haar dochter.

"Het is goed, mam."

Ze reden een tijdje in stilte verder. Het was een comfortabele stilte.

"Ik wil weten hoe ik je kan helpen," zei Brandy's moeder. "Voor de volgende keer..."

"Ik weet dat je dat doet mam, maar je bent er niet als het gebeurt. Ik moet het zelf aankunnen."

"Is er één ding dat altijd gebeurt - voordat je verdwijnt?"

"Ik wou dat ik het me kon herinneren, mam, maar net als de vorige keer weet ik het niet." Ze keek uit het raam en sloeg toen haar armen over elkaar.

"Nou, als we thuis zijn kun je oefenen oefenen oefenen oefenen. Dan ben je nog beter voorbereid op je auditie morgen."

"Het was een auditie die maar één dag duurde. Dus er is geen kans voor mij dit jaar. Bovendien houdt papa er niet van als ik oefen, vooral niet als hij thuis werkt. Hij zegt dat hij er hoofdpijn van krijgt."

"Papa bedoelt het niet zo," zei ze. "Ik zal met hem praten. Je wilt tenslotte piano spelen, als baan, ja? Ik bedoel op een dag, als je afgestudeerd bent. En ik zal je leraar bellen - vragen om een uitzondering op de regel."

"Ik wil graag horen hoe dat gesprek ging!" lachte ze. "Hallo, meneer Hopper, ik ben Brandy's moeder, en mijn dochter, nou ja, ze is in een snel rijdende auto gestapt met een vreemdeling, en toen gestorven. Zou ze morgen auditie voor u kunnen doen?"

"Dat is wreed," zei haar moeder. "Ben je van gedachten veranderd, over het feit dat je een carrière in de muziek wilt? Ze maken toch altijd een uitzondering voor studenten?"

"Misschien wel, maar ik vind het niet erg. Dat ik het gemist heb. Er is altijd het volgende oor. Bovendien wil ik graag een shopper zijn, ik denk dat ik daarom altijd terugkom in de supermarkt, of de kledingwinkel. Weet je nog die ene keer?"

Haar moeder knikte.

"Na een shopper een pianospeler, daarna een lerares," zei de tiener, terwijl ze haar armen over elkaar sloeg en op haar nagels beet.

Haar moeder wierp haar een blik toe, "Niet doen lieverd. Nagels bijten is zo onhygiënisch." Brandy ging op haar handen zitten. "In die volgorde?" zei haar moeder lachend.

"Misschien in zijn achteruit," piepte Brandy toen ze de oprit opreden. "Papa is nog niet thuis."

Ze gebruikte de automatische garagedeuropener zonder haar dochter te antwoorden. Ja, haar man was weer te laat. Hij kwam elke avond later thuis. Hij zei dat het werk hem ophield, dat hij extra tijd moest maken zonder overuren te betalen. Ze haatte het als hij nooit thuiskwam om Brandy te zien voordat ze naar bed ging. Dan hadden ze tenminste een snack klaar. Ze zou het avondeten voor haar klaarmaken en haar naar haar kamer brengen. Zo konden zij en haar man samen eten. Het zou een heerlijke avond worden, met z'n tweeën.

"Pak de tassen," zei ze.

"Oké, mam," antwoordde Brandy terwijl ze naar binnen gingen.

HOOFDSTUK DERTIEN

OUTBACK

D E JONGEN IN DE Outback in het noorden van Australië had in een doos geleefd. Hij was twaalf jaar oud toen ze hem vonden. Zijn lichaam was misvormd omdat hij met gebogen rug en opgetrokken knieën zat - doosachtig. Zelfs toen ze de doos openbraken en hem eruit lieten.

Hij kon niet spreken, of hij wilde niet spreken. Tot hij weer begon te vertrouwen. Toen rekte hij zich uit en ontspande zijn lichaam.

Hij gaf de voorkeur aan stille stemmen, fluisterende stemmen. Harde dingen, harde geluiden van welke aard dan ook beangstigden hem. Hij trilde en sloot zich in zichzelf. Hij zocht en schreeuwde om "Doos!".

Ze hadden het daar bewaard, in de hoek. Totdat de mensen in Sydney zeiden dat hij nooit beter zou worden als het niet vernietigd werd.

Hij hielp hen daarbij, met een voorhamer die bijna net zo groot was als hij. Toen het in kleine stukjes was gebroken, rolden zijn ogen terug in zijn hoofd en was hij weg. Weg. Ergens in zijn gedachten. Onbereikbaar.

Niemand wist wie hij was. Of van wie hij was. Wat voor ouders zouden hun kind opsluiten in een doos, als een dier?

Toch was hij niet uitgehongerd. Niet om te eten in ieder geval. En hij was niet uitgedroogd.

Wat betekende dat er iemand in de buurt was. Ze wachtten, rangers, agenten tot ze terugkwamen - maar dat deden ze niet. Dus ze moeten geweten hebben dat de doos in de doos uit was.

Een team van psychologen had camera's in het huis geïnstalleerd, zodat ze de jongen op afstand vanuit Sydney konden volgen.

Anderen, van over de hele wereld, wilden "meedoen" met de observatie van de jongen. Sommigen schreven proefschriften over kindermishandeling, over verwaarlozing. Ze vochten zich een weg naar de top van de lijst.

De jongen schommelde heen en weer zonder een woord te zeggen. "Box!" was zijn enige poging geweest. Maar hij wist wat er aan de hand was. Hij hoorde ze fluisteren. Miljonairs die hem wilden adopteren. Hij ging nergens heen. Hij bleef hier. Dit was zijn thuis.

De jongen, die nog nooit in een bed had geslapen - of als hij dat wel had gedaan, kon hij het zich niet herinneren - wilde er nu niet in slapen. In plaats daarvan rolde hij zich op in een bal en sliep in de hoek op de grond. Hij had wel wat aan het kussen en de deken die ze voor hem hadden achtergelaten. Die luxe bleef onaangeroerd.

Terwijl ze besloten wat ze met hem moesten doen, werd er een zuster aangesteld. In Australië worden Zusters ook Verpleegsters genoemd. In sommige gevallen is een Zuster ook een Zuster (een Non.) Ook kan een Zuster die een Verpleegster is een Broeder zijn. Als deze Zuster/Verpleegkundige een man was.

De zuster/verpleegster van de jongen was een vriendelijke dame die haar haar altijd in een knot droeg. Ze droeg een wit uniform met bijpassende schoenen die piepten bij elke stap die ze zette.

De eerste keer dat ze een deken over hem heen wilde gooien, gilde hij alsof hij aangevallen werd door een boze wolk.

"Daar, daar," zei Zuster. Ze rilde en tilde toen de deken op. Ze gooide hem om haar schouders en de jongen hijgde.

"Het is zacht," zei ze.

Ze nestelde zich erin. Ze rook eraan.

"Het is heel zacht en warm," kirde ze.

De jongen stak zijn hand uit en raakte de rand van de deken aan. Hij aaide het, alsof het nog op het schaap lag waar het vandaan kwam.

"Wil je het hebben?" vroeg Zus.

Hij zei twee dagen lang nee en stond toen toe dat ze het om zijn schouders legde. Daarna sliep hij ermee, alsof het een levend ding was. Hij wiegde het als een baby en fluisterde ertegen. Uiteindelijk troostte hij zich ermee en liet de Zuster het niet meenemen of wassen.

Op de vierde ochtend dat de jongen vrij was, begonnen de dieren zich buiten op het gazon van het huis te verzamelen. Eerst arriveerde er een vrouwelijke kangoeroe. Ze huppelde naar de trap van de veranda, ging op haar hurken zitten en keek naar de deur. Vervolgens kwam er een emoe aan die hetzelfde deed. Toen kwamen er een ekster, een kaketoe en een galah. De vogels zongen om beurten en hun stemmen leken de jongen naar buiten te roepen. Voorheen was hij niet geneigd geweest om de deur te openen of naar buiten te gaan. Maar toen hij de dieren en vogels zag, ging hij zonder aarzelen naar buiten om ze te ontmoeten.

Zus keek naar hem vanachter het horrengaas van de voordeur. Ze hield niet van honden, katten of vogels - ze was er zelfs bang voor - maar deze wilde dieren beangstigden haar. Ze zou naar buiten gaan als dat nodig was. Ze hoopte dat ze snel iemand zouden sturen om haar te helpen.

De jongen stond op de veranda en ademde de lucht in. Hij opende zijn armen wijd, wijder en vulde zijn longen met buitenlucht. Hij ademde het gulzig in.

De Zuster die wenste dat hij haar eigen zoon was, zag hoe zijn borstkas uitzette in zijn kleine gestalte.

Toen gebeurde het.

De jongen begon op te stijgen, alsof hij een ballon was die opsteeg, alleen was hij geen ballon en zat hij niet aan een touwtje - hij was een jonge jongen.

De zuster rende naar buiten. Ze hield van hem - en hij ontsnapte. Achter haar stortte de hordeur in.

"WAIT!" riep ze, terwijl ze met grijpende vingers naar hem uitreikte.

Terwijl de jongen weggleed. Zijn kleine voetjes omhoog. Ze namen hem mee, verder. Terwijl de drie vogels hem droegen, verder en verder.

Ze greep, maar hij was te ver heen. En dus keek ze toe hoe een kangoeroe-moeder haar ogen ophief.

En de jongen lieten zich op de schouders van de moeder vallen. Zij zat in de lucht, met zijn armen om de nek van de roo, en daar huppelde ze. Naast hen hield een emoe het tempo bij.

De zuster wist niet wat ze anders moest doen en rende naar binnen om haar autosleutels te pakken. Ze startte de motor en volgde de jongen tot ze hem niet meer kon zien.

De jongen die ooit in een doos had geleefd, was uit de mensenwereld gehaald. Hij was naar de wereld gegaan waar dieren voor hun soortgenoten zorgden. En dit kind was één van hen. Hij was familie.

En de jongen zong liedjes, met de stemmen die hij diep van binnen kende. En hij lachte hardop en was gelukkig, terwijl hij werd meegevoerd naar de plek in zijn hart. De plek waar hij was, wat hij altijd had moeten zijn.

HOOFDSTUK VEERTIEN

EENZAME JONGEN

IN HET VERBODEN BOS van Japan klonk de schreeuw van een kind. Vogels verzamelden zich, zongen mee en versterkten het verzoek om hulp van de eenzame jongen. Een Scops uil arriveerde en joeg de rest van de vogels weg. Ze zat vlakbij en waakte en wachtte.

Er klonk een autoalarm. Het gejammer overstemde de kreten van het kind. Hij zat in een kinderzitje. Eentje die vroeger op de achterbank van een auto stond.

"Klik, klik," en het autoalarm stopte, lang genoeg voor de bestuurder om het vage geschreeuw van het kind te horen. Zij en haar man snelden het bos in, waar ze het kind vonden dat bang en helemaal alleen was. Samen troosten ze hem.

Verschillende wasvogels bleven staan kijken. Ze beoordeelden de situatie. Ze ritselden met hun veren en kwetterden. Alsof ze de redding van het kind live meldden.

De vrouw maakte het kind los. Ze hield hem dicht tegen zich aan en stelde hem vragen waar hij nog te jong voor was. Vragen als: "Waar is je Haha, Ko? Waar is je Otosan?" (Vertaald: Waar is je moeder, kind? Waar is je vader?"

Haar man doorzocht het gebied. Hij riep. Toen niemand antwoordde, zocht hij naar tekens. Voetafdrukken van volwassenen. Er werden er geen gevonden.

"Geen voetstappen," zei hij en schudde zijn hoofd vol ongeloof. Voor hem was het bos niet zijn favoriete plek. Hij gaf de voorkeur aan steden en lawaai. Hij was degene die per ongeluk het autoalarm had laten afgaan. Hij hoopte dat zijn vrouw zou willen vertrekken. Hij had haar een lunch in haar favoriete restaurant beloofd. Toen had ze het kind gehoord en was ze het bos in gerend.

Hij was zijn vrouw gevolgd, voor haar veiligheid. In de stad vermeden ze gebieden waar roofdieren op de loer konden liggen. Ze lokten nietsvermoedende, vertrouwende mensen - zoals zijn vrouw - in gevaar.

Het bos, dit specifieke bos, was levendig met geluid. Levend, met licht. En het kind, ze konden het kind niet achterlaten.

"Laten we gaan," zei hij. "We brengen hem naar het ziekenhuis, om te kijken of hij in orde is en zij kunnen bij de politie navragen van wie hij is."

Ze hield het kind dicht tegen haar borst en liet haar hand over haar rug gaan, zoals een moeder met haar eigen kind zou doen. In haar gedachten was hij precies dat, haar kind. Het kind dat ze nooit had kunnen krijgen, had om haar geroepen en ze was naar het verboden bos gekomen en ze had hem opgeëist.

"Hij is van mij," zei ze eerst uitdagend, toen zachter, "ik bedoel, van ons. Onze baby. De zoon die je altijd al wilde."

Haar man keek naar de jongen. Hij had ze nodig. En hij was te klein, te jong om zich iets te herinneren. Hij vertrouwde hen al. Niemand zou het weten, dacht hij. En toch, was het juist om dit kind als hun eigen kind te nemen?

"Niemand zou het weten," zei zijn vrouw, alsof ze zijn gedachten had gelezen.

Dit gebeurde vaak, na twaalf jaar samenzijn. Ze dachten dezelfde dingen. Spraken op hetzelfde moment. Maakten elkaars zinnen af.

Ze waren een liefdevol en stabiel stel. Samen hadden ze zoveel te geven aan een kind. Toch had het lot hen er zelf geen gegeven.

Ze gaf het kind aan haar man en wachtte.

De vogels boven haar konden zien hoe haar armen trilden. Ze zongen, moedigden haar aan om het kind te nemen. Ze hielpen hem te beslissen dat het kind nu van hen was.

Ze had hem al opgeëist in haar hart en in haar ziel. Dat had haar man ook, maar hij werd verscheurd door het egoïsme. Hij wilde het juiste doen, niet het egoïstische.

"Wil je bij ons komen wonen?" vroeg hij aan het kind.

Hoewel hij niet antwoordde, gingen ze met zijn drieën terug naar de parkeerplaats. Ze zetten de jongen in het midden van de achterbank, weg van de airbags.

De vogels en de uil knikten en vlogen toen weg, het bos in.

HOOFDSTUK VIJFTIEN

EEN VROUW

EEN OUDE VROUW SCHOMMELT in haar stoel, heen en weer, heen en weer. Haar herinneringen zijn vluchtig, als wolken. Vaak buiten bereik.

Verwarring dringt zich op. Binnenkort zal het alles in haar hoofd vervangen door niets.

Dementie kiest zijn slachtoffers niet op basis van de wensen of behoeften van de zieke. Het doel - verwarring zaaien. Vervreemden. Uitwissen.

Ze had het onder ogen gezien, tot op een dag alles omsloeg.

Zo noemde ze het nu, topsy-turvy. Of afgekort T/T. Dat andere was erg geweest en werd steeds erger. Maar topsy-turvy betekende dat ze niet gek was en meer dan dat, het betekende dat ze niet alleen was - niet meer.

In haar hoofd zag ze alles. Soms gebeurde het in slow motion, alsof ze op een knop van de afstandsbediening had geklikt. Soms speelden scènes zich steeds opnieuw af, achteruit, vooruit, in een lus. Andere keren zat ze midden in het gebeuren en observeerde ze als een verslaggever uit de eerste hand.

Toen het voor het eerst gebeurde, was ze bang om gewond te raken of gedood te worden. Ze was getuige geweest van haarkrullende dingen. Maar toen ze zich realiseerde dat de mensen om haar heen haar niet konden zien of horen, kon ze zich ontspannen. Behalve de aartsengelen wisten ze dat ze er was, maar ze lieten haar aanwezigheid niet aan anderen merken.

Zoals die keer dat haar gedachten naar Nederland vlogen. Ze had zich geïnstalleerd en naar het kleine meisje gekeken. Ze had gehuild toen het kind haar zicht verloor. Ze voelde zich hulpeloos, omdat ze niets anders kon doen dan toekijken. Ook dat veranderde, na verloop van tijd.

Toen werden Lia en E-Z vrienden en Alfred de zwaan kwam erbij. Ze hield hen in de gaten, luisterde mee. Voelde zich een ongezien en ongehoord lid van hun team. Ze zag hoe ze samenwerkten en uitgroeiden tot dikke vrienden.

Plotseling sprak ze in gedachten tot Lia en het kleine meisje antwoordde. Er ging een hele nieuwe wereld voor Rosalie open.

In het begin was hun gesprek wat beperkt. Hoewel er een groot leeftijdsverschil was, hadden de twee toch een aantal dingen gemeen. Zoals hun liefde voor ballet.

Sinds de Aartsengelen de regels hadden veranderd, hield Rosalie De Drie nog meer in de gaten. Toch waren deze uitwisselingen niet genoeg om haar geest uit te dagen, om haar gedachten bezig te houden.

Toen ontdekte Rosalie De Anderen. Kinderen met unieke gaven in andere delen van de wereld - en ze kon met ze praten.

Eerst was er Brandy, een tiener die in de Verenigde Staten woonde. Dan was er de communicatie van Lachie, ook bekend als The Boy in the Box. Als derde, maar zeker niet laatste, was er Haruto, die in Japan woonde. Haruto was de jongste van het stel. Alle drie de kinderen hadden gaven. En zij was de enige verbinder.

Voorlopig hield Lia haar verbonden met Alfred en E-Z, maar binnenkort zou ze hen alles over de anderen moeten vertellen.

Rosalie beefde toen de bedienden aankwamen met haar eten. Rode gelei. Haar favoriet. Ze at de eerste nadat ze er wat room overheen had gegoten. Room die in haar koffie had gemoeten.

In haar hoofd zei ze dankjewel tegen het meisje dat het eten had gebracht, want Rosalie kon niet praten. Ze kon niet praten. Haar enige manier van communiceren was in haar hoofd...

De Drie ontbieden om haar te bezoeken in de Seniorenresidentie leek haar niet het juiste om te doen. Voorlopig zou ze Lia haar geheim laten houden en zou ze aantekeningen maken over Brandy, Lachie en Haruto en die in een boek zetten.

Ze zou het moeten verbergen, voor de aartsengelen. Ze zou een geheim dossier bijhouden. Ze ging deze kinderen niet uit het oog verliezen, wat er ook gebeurde.

"OH!" riep ze uit, terwijl ze in de bovenste lade van het nachtkastje naast haar bed greep. Ze herinnerde zich een cadeau. Een notitieboekje. Op de voorkant stond "Gefeliciteerd!".

Ze krabbelde op de eerste paar bladzijden. Geen echte woorden, maar toen ze bij de dertiende bladzijde kwam, begon ze te schrijven over Brandy, Haruto en Lachie. Dertien was voor haar altijd een geluksgetal geweest, ze begon te schrijven over Brandy, Haruto en Lachie. Er was zoveel om te schrijven. Toen haar hand pijn deed, stopte ze, spande hem even en ging toen weer verder met schrijven.

Rosalie vroeg zich af of er naast deze drie nieuwe kinderen nog andere waren. Als ze even wachtte, zouden ze misschien ook met haar praten. Het zou beter zijn om haar geheim te vertellen als alle kinderen zich bekend hadden gemaakt.

Rosalie was voorzichtig en schreef geen "Geheim" of "Privé" op de buitenkant van het boek. En ze was blij dat er geen sleutel bij zat. Door die drie dingen zou iedereen die het notitieboekje zag het willen lezen. Ze zouden nieuwsgierig worden, net als een kat. Er waren veel mensen van haar leeftijd die nieuwsgierig waren. Maar ze zouden niet willen lezen nadat ze de eerste dertien slordige bladzijden hadden gezien.

Ze bladerde door naar het einde van het boek. Rosalie vulde de laatste dertien pagina's met een nog rommeliger handschrift. Daarna legde ze het boek en de pennen terug in de lade en deed hem dicht.

Ze glimlachte, leunde achterover op het kussen en liet haar arm rusten terwijl ze aan het avondeten dacht. Vooral het dessert.

HOOFDSTUK ZESTIEN
WAARSCHUWING VS RECHTS

ER IS EEN WERELD waarin we leven, een wereld die gevuld is met zowel goede als slechte mensen. Een wereld die bestuurd wordt door mensen, die gebrekkig en onvolmaakt zijn. Mensen die geen robots zijn... Niet geprogrammeerd om goed of slecht te zijn.

We leren ons leven van wat we zien, wat we opmerken, wat ons geleerd wordt en wat we worden.

We leren van de fundamenten die voor ons zijn gelegd. Naarmate we groeien en onze horizon verbreden, moeten we keuzes maken.

Het is aan ons om de geleerde kennis toe te passen. Om te kiezen tussen goed en fout.

Door de eeuwen heen zijn grote mensen voor de gek gehouden. Grote en machtige mensen. Volwassenen zelfs.

Soms is een beslissing gemakkelijk. Zonder grijze gebieden. Soms zijn er krachten buiten onze controle die ons leiden. Anderen dwingen ons hun ethische code te volgen. Soms zijn er onverwachte elementen.

Stel dat we op een pad zijn en iemand zet een wegversperring neer. We kunnen het weghalen of stoppen en wachten tot de persoon het weghaalt. We kunnen kiezen.

Het leven draait om keuzes. De keuzes die we maken kunnen ons de weg wijzen voor het leven. We volgen die weg, met de stenen van onze goede beslissingen.

Of we kunnen ons laten misleiden. Gefopt. Misleid worden om in te gaan tegen wat we weten dat waar is.

Als dat gebeurt, kan alles instorten - als dominostenen.

En er zullen consequenties zijn voor onze daden - of niet-acties. Niet alleen voor onszelf. Wat we doen, heeft gevolgen voor anderen.

En uiteindelijk, na onze dood, worden we allemaal opgevangen en vastgehouden in de armen van onze Zielenvangers.

De Furies - drie kwade godinnen - nemen de controle over van de zielenvangers.

Soul Catchers worden ge-highjacked.

Zielen vliegen rond zonder thuis.
Dakloze zielen.
Chaos ligt in het verschiet.
Waar ga je staan?

HOOFDSTUK ZEVENTIEN

ROSALIE IN DE WITTE KAMER

ROSALIE OPENDE HAAR OGEN. Het was etenstijd en ze had om een dienblad met ontbijt gevraagd. Haar kamer lag op de weg naar de eetzaal. Als ze het eten daarheen droegen, rook ze spek. Het water zou haar in de mond lopen. En de koffie. Ze wachtte op haar beurt. Ze had geen andere keuze dan op haar beurt te wachten.

Ze wist dat ze er de voorkeur aan gaven om de bewoners in de eetzaal te voeden. Ze begreep dat ze zich aan een tijdschema moesten houden. Toch wist ze dat ze uiteindelijk wel bij haar zouden komen. Dat deden ze altijd in het bejaardentehuis waar ze woonde.

Ze keek naar een kardinaal in een boom buiten haar raam en overwoog uit bed te komen om het beter te bekijken. Maar toen ze de dekens naar achteren gooide en op het tapijt stapte, voelde ze zich vreemd. Wazig.

En belandde in de Witte Kamer.

Er was niets veranderd sinds E-Z er was. En het duurde niet lang voordat Rosalie haar draai had gevonden en op verkenning ging.

Terwijl ze met haar vingers langs de boekenplanken ging, kreeg ze een déjà vu-gevoel. Was ze eerder in deze kamer geweest?

Ze liep naar het midden van de kamer en draaide zich om. De boekenplanken gingen maar door. Zo ver het oog reikte. De hoogte deed haar duizelen en ze verlangde ernaar om te gaan zitten en op adem te komen.

BINGO

Er verscheen een comfortabele stoel en ze liet zich erin vallen. Ze leunde achterover en realiseerde zich toen dat hij wielen had en rond kon draaien. En draaide. Toen sloot ze haar ogen en rustte uit. Ze was blij dat ze nog niet ontbeten had, want haar maag was een beetje misselijk toen er boven haar iets bewoog.

Of had ze het zich verbeeld?

"Jij daar!" riep ze, wijzend naar niets en niemand. "Ik zag je bewegen, jij, jij kleine... wat je ook bent, kom tevoorschijn, kom tevoorschijn," smeekte ze.

Ze besloot dat ze het zich had verbeeld en ging haar omgeving weer onderzoeken. En vroeg zich af hoe ze op deze plek terecht was gekomen.

"Ben ik terug in mijn kamer en stel ik me voor dat ik op deze plek ben?" Ze gebruikte haar nagels om in de armen van de stoel te graven. Ze keek toe hoe ze krassen maakten in het leren oppervlak. Het waren lichte krassen, licht genoeg om verwijderd te worden met een beetje wrijven. Ze was tenslotte een gast, en gasten moeten altijd zorg dragen voor de plek die ze bezoeken. Anders worden ze niet meer teruggevraagd.

Boven haar bewoog weer iets. Deze keer ging het gepaard met het geluid van flapperende vleugels. Zat er een vogel gevangen, die er niet uit kon?

"Ik kom eraan, kleintje," zei ze, terwijl ze opstond en naar de ladder liep.

De houten structuur, alsof het haar gedachten kon lezen, rolde over de vloer en stopte bij haar voeten.

"Spring erop!" zei het.

Rosalie deed dat en pas toen het zichzelf bewoog, besefte ze dat het ding tegen haar had gesproken.

"Uh, dank je," zei ze toen ze tot stilstand kwam.

"Graag gedaan," zei de ladder. "Is er een boek dat je in het bijzonder zoekt?"

Rosalie lachte. "Ik dacht dat ik een vogel hoorde. Shhhh."

De ladder lachte. "Er zijn hier geen vogels, mevrouw. Het geluid dat u hoort komt van de boeken."

"Boeken met vleugels?" "Ja," antwoordde de ladder. Toen, "Jij daar! Kom hier!"

Rosalie keek toe hoe een dik zwart boek zich naar de rand van de plank duwde. Toen kwamen er vleugels uit de voor- en achterkant. Het vloog naar beneden en landde in Rosalies handen.

"Oh jee!" zei ze, terwijl ze naar de rug keek. "Ik denk dat ik deze al gelezen heb."

DWOING.

Het boek scheurde uit haar handen en keerde terug naar zijn oorspronkelijke plaats op de plank.

"Het spijt me," zei Rosalie. Toen tegen de ladder: "Ik hoop dat ik meneer Dickens niet heb beledigd."

"Als je nu klaar met me bent," zei de ladder, "mag ik dan voorstellen dat je eraf springt?"

"Het spijt me dat ik je tijd heb verspild" zei ze.

"Dat heb je niet. Ik ben blij u van dienst te kunnen zijn."

Rosalie stapte naar beneden en de ladder vloog naar de andere kant van de kamer.

Rosalie voelde aan haar voorhoofd, nee ze was niet koortsig. Haar bloedsuikerspiegel was vast te laag. En nu zou ze niet kunnen eten, al uren niet. En die dief Agnes Lindsay zou haar ontbijt stelen. Ze zou haar kamer binnensluipen en alles opeten. Als de bedienden terugkwamen om het dienblad op te halen, zouden ze denken dat Rosalie het had opgegeten. Rosalie en Agnes waren gezworen vijanden.

Om haar gedachten van haar rommelende maag af te leiden, concentreerde Rosalie zich op boeken. Eén boek in het bijzonder. Een boek dat ze als klein meisje graag steeds opnieuw had gelezen. Het heette Anne of Green Gables door, door... Ze kon zich de naam van de auteur niet herinneren.

"Lucy Maud Montgomery," zei de ladder, terwijl hij naar haar toeliep. "Hop een," zei het.

"Ah, bedankt voor het aanbod, maar ik heb te veel honger en ben misschien te duizelig om op je te klimmen."

"Ga zitten," zei de ladder, "daar." Toen floot de ladder en hoog op de planken schoof een boek naar voren. Het kreeg vleugels aan de voor- en achterkant en vloog in Rosalies handen. Ze omhelsde het tegen haar borst.

"Dank je," zei ze.

"Is dat alles?" vroeg de ladder.

"Ja, tenzij je ergens in deze kamer een extra leesbril hebt verstopt."

BINGO.

Haar bril kwam tevoorschijn en zat perfect recht op haar neus.

De ladder keerde terug naar zijn oude positie.

Rosalies enkels deden pijn.

BINGO.

Een stond knalde onder haar voeten.

Ze sloeg het boek open. Er zat een schets in van de naamgeefster van het boek, Anne Shirley. Ze ging met haar vinger langs de omtrek van het rode haar van het kleine weesmeisje.

Anne knipoogde naar Rosalie. Die knipperde en glimlachte toen terug. Ze had al eerder van interactieve boeken gehoord, maar dit was echt het toppunt!

Met trillende handen vouwde ze de kaart van Canada open. Haar ogen volgden de pijlen die naar Prince Edward Island leidden. In gedachten liep ze de afstand - aangekomen bij Green Gables. Buiten het huis stonden de Cuthberts. Wachtend op Anne.

Ze sloeg de bladzijde om en begon te lezen. Lachend om elke hachelijke situatie waar Anne in terecht kwam.

Toen rommelde Rosalies maag en wilde ze iets heel anders dan een ontbijt. Een Jell-o Salade. Iets wat haar moeder als klein meisje altijd voor haar maakte bij speciale gelegenheden. Haar lievelingsdeel was de slagroom bovenop.

BINGO.

Voor haar neus lag een regenboog van Jell-o salades met een toef slagroom erop. Ze dacht lepel en

BINGO.

Er verscheen er een. Maar toen herinnerde ze zich hoe haar moeder en vader haar zouden uitschelden als ze eerst haar toetje at. Ze dacht aan aardappelpuree. Stoomheet met smeltende boter erop. Oh, en gehaktbrood met ketchup. En erwten vers geplukt uit de tuin.

BINGO.

Voor haar stond een enorme kom aardappelpuree. De boter smolt langs de zijkanten. Het was een kunstwerk. Het zag er bijna te lekker uit om op te eten.

Ernaast lag een vierkant gehaktbrood met een klodder ketchup eroverheen.

En in een aparte kom doperwten. Met een takje munt erop.

Ze glimlachte. Als klein meisje hield ze er niet van om haar eten aan te raken. In deze kamer wist de chef wat ze lekker vond.

Maar de kok was vergeten haar eetgerei mee te geven. Ze stelde zich een mes en een vork voor.

BINGO.

Die kwamen er ook aan. Ze at gulzig. Pas op dat je Anne van de Groene Fabels niet beschadigt. Het boek dat bescherming nodig had, vloog omhoog en zweefde in de lucht waar Rosalie er gemakkelijk bij kon.

Rosalie at alles op, inclusief de Jell-o Salade, die op de lepel wiebelde.

Toen ze klaar was

BINGO

de borden, het bestek, enz. verdwenen.

Na een paar momenten van dankbaarheid voor het eten dat ze had gekregen, keek ze op naar het boek.

Als vloog naar haar toe en ze ging verder met lezen.

Lezen en wachten.

Waar ze op wachtte, of op wie, dat wist ze niet.

HOOFDSTUK ACHTTIEN

CHARLES DICKENS

IN DE STAD LONDEN, Engeland, viel een metalen container uit de lucht.

De container zelf was niet lang of silo-achtig. In feite leek het nog het meest op een capsule. Het verschil was dat dit voorwerp vierkant van vorm was en geen ramen had. In plaats van ramen was het aan alle kanten gespiegeld. Omdat het plat was, slipte het met een enorme kracht over het water. Het landde op de oever van de Theems.

Twee detectives, John en Paul, zagen het allemaal gebeuren. Beide mannen waren in de dertig. Ze verdienden hun brood met de winst van het detecteren. Daarom werden ze beschouwd als professionele detectors.

De uren van de Detectoristen varieerden. Ze waren zelfstandigen en verantwoordelijk voor het onderhoud en beheer van hun gereedschap.

Een detector had veel gereedschap nodig. Hij wilde niet onvoorbereid op een opgraving zijn. De meesten hadden overal een gereedschapskist bij zich. Daarin zaten essentiële spullen. Om er maar een paar te noemen: koptelefoons, regenhoezen, harnassen, graafgereedschap, troffels, een gereedschapsriem, schort (met zakken), een waterdichte tas, rugzak, vuilniszak.

De meeste opgravingen van John en Paul waren in Londen, aan de Theems. Zoals de wet voorschrijft, hadden ze Standard- en Mudlark-vergunningen. Deze werden verleend door de Port of London Authority.

Met de vergunning mochten ze tot een diepte van 7,5 cm graven als dat nodig was (de ladder was nodig, of je nu van plan was om te graven of niet).

In het geval van het vierkante voorwerp - dat voor hun neus was geland - moest er goed over worden nagedacht. Voordat ze het ophaalden en er aanspraak op maakten.

"Zin om het van dichterbij te bekijken?" vroeg Paul.

John, die niet veel zei, knikte.

Ze sjokten voort, gereedschap in de hand. Hun rubberlaarzen knarsten en knarsten, modder en water verplaatsend bij elke stap. De oever van de rivier was vaak erg modderig na enkele dagen aanhoudende regen.

"Claim!" zei Paul.

"Eerlijk is eerlijk," zei John.

Hoewel ze het allebei op precies hetzelfde moment hadden gezien, wist hij dat dat ook van hem kwam. Ze waren partners, altijd geweest en niets zou dat ooit veranderen.

Beiden sjokten verder tot ze het bereikten. Het was net een vierkante spiegelbol en toen ze hem probeerden te onderzoeken, zagen ze alleen hun eigen reflecties erin.

"Ik moet naar de kapper," zei John.

Paul spotte, terwijl hij met de teen van zijn laars de zijkant aanraakte. "Er moet een manier zijn om het te openen," zei hij.

"Het is te groot voor ons om overheen te rollen," zei John, terwijl hij een meetlint uit zijn zak haalde en de hoogte van één kant opmeet. Hij liet het resultaat aan Paul zien: 60 centimeter.

Ze liepen rond het object. Af en toe stopten ze om te tikken. Voorzichtig om geen vieze vingerafdrukken op het spiegelende object te zetten. Maar in de hoop dat ze een geheime knop zouden aanraken en het object zouden openen.

En luisteren. Om er zeker van te zijn dat het niet tikte.

"Misschien moeten we het naar het museum brengen of onze ontdekking melden?" stelde Paul voor. "Ze zouden een vrachtwagen sturen, of een kraan om het op te halen en te vervoeren. Nadat de explosievenopruimingsdienst er naar gekeken heeft."

John schudde zijn hoofd.

"Als ze de explosievenopruimingsdienst sturen, blazen ze het op. Er zal overal glas liggen en onze claim zal nutteloos zijn."

"Waar, waar," zei Paul. "Die gasten houden ervan om dingen op te blazen. Ik bedoel, dat is toch een extraatje?"

"Dat denk ik ook. Wat moeten we nu doen? Het tikt niet. Wat dat betreft is het ons duidelijk."

"Ja. De ploeg is niet nodig," zei Paul. Hij liep om het object heen, met zijn handen op zijn rug. Het was zijn denkloopje. John liep achter hem aan, zijn passen volgend, met zijn handen op zijn rug.

Paul zei: "We moeten uitzoeken wat het is en hoe oud het is. We hoeven alleen bepaalde dingen te claimen volgens de Treasure Act van 1996. Het lijkt niet op goud of zilver en het lijkt zeker niet ouder dan driehonderd jaar. Deze vondst is misschien van ons en van ons alleen, dat wil zeggen dat we hem misschien niet hoeven te melden bij onze lokale FLO (Finds Liaison Officer).

"Zeker geen goud of zilver," zei John, terwijl hij op het metalen voorwerp klopte en luisterde. Het klonk hol. Hij tikte er op een paar plaatsen op en luisterde.

Boven hen verschenen twee lichten.

Eén was groen en één was geel.

Ze landden op de top van het object.

"Wegwezen!" zei Paul.

"Worden we gek?" vroeg John, terwijl hij op zijn hoofd krabde.

"Ik denk het niet," antwoordde Paul.

De lichten gingen omhoog en zweefden rond. Beiden vielen aan de voet van de container. Zodra ze zich gevestigd hadden, tilden de lichten het op en hielden het op zijn plaats. Seconden later begon het te draaien, eerst langzaam, toen steeds sneller. Al snel draaide het met een hoge snelheid. Terwijl het ronddraaide, begon het te zingen met een hoge stem.

De detectives vielen op hun knieën en bedekten hun oren met hun handen. Hun lichamen waren misselijk, net als bij zeeziekte. En ze waren erg bang.

"Wat gebeurt er?!" gilde John.

"Ik denk dat het ding uit het ei komt!" antwoordde Paul.

Toen de container op de grond viel, pulseerde hij. Schokte. Huiverde. Toen de spiegelende doos openklapte, zakte een deel ervan als een ophaalbrug naar de met gras begroeide rivieroever.

"Arrrgggggh!" riepen de detectives.

Ze wachtten, keken toe door de ruimte tussen hun vingers. Niet langer geïnteresseerd in het opeisen van het ding. Niet langer geïnteresseerd in de waarde ervan.

Er stapte een jonge jongen uit.

"Het is een kind," zei Paul terwijl hij opstond.

John stond ook op en zette zijn handen op zijn heupen.

"Wacht," zei Paul. "Hij is gekleed als een van die Oliver Twist kinderen."

"Ik ben herboren," riep de jongen uit, terwijl hij zijn pet kantelde en weer op zijn hoofd zette. Hij rekte zich uit, gaapte en nam toen zijn omgeving in zich op. "Kijk, daar! De parlementsgebouwen. Ze zijn veranderd sinds ik ze voor het laatst zag. En luister," zei hij terwijl de klok één, twee, drie keer sloeg. "Waarom hebben ze De Grote Klok in een kooi gestopt?" vroeg hij.

"Wat bedoel je met een kooi? En het heet Big Ben," zei Paul. "En waarom ben je zo gekleed? Ga je naar een verkleedfeest?"

De jongen klopte over de voorkant van zijn vest. Hij controleerde of zijn vest helemaal dichtgeknoopt was en of de pijpen van zijn broek helemaal naar beneden zaten. Hij was meer gewend aan het dragen van korte broeken en de langere wilde zich altijd bundelen. Op zijn hoofd zat een hoed die hij afzette voordat hij weer sprak.

"Weet je de weg naar Portsmouth?" vroeg hij. "Moeder en vader zullen zich zorgen om me maken."

De detectives keken elkaar aan, maar geen van beiden sprak. Voor één keer in hun leven waren ze sprakeloos.

"Ik ga," zei de jongen terwijl hij zijn hoed weer opzette.

POP.

POP.

Hadz en Reiki kwamen aan en vlogen geblokkeerd recht voor de ogen van de jongen.

"Charles Dickens, je moet bij deze twee mannen blijven. Zij brengen je waar je moet zijn. Je moet bij E-Z zijn."

"Wat zeiden ze?" zei John, terwijl hij over zijn oren wreef. "Ik denk dat ik gek word."

"Ze zeiden dat hij Charles Dickens is. Charles Dickens! En we moeten hem helpen om bij E-Z te komen, wie hij ook is als hij thuis is," antwoordde Paul.

Charles Dickens. DE Charles Dickens. Ook wel bekend als het verre familielid van E-Z en Sam... Richtte zijn pet op de twee sprookjesachtige wezens. "Ik had ooit een boek met een fee op de kaft van Grimm. Ken je hem?" vroeg hij.

Hadz en Reiki giechelden en verdwenen toen.

POP

POP.

Charles Dickens zette zijn hoed weer op, "Ik ga naar Portsmouth." Hij begon te lopen.

"Nee, dat doe je niet," zeiden de detectives eenstemmig.

"Natuurlijk ben ik dat," zei hij.

"Portsmouth is een heel eind lopen," zei John.

Achter hen begon de gespiegelde kubus te schudden en te rammelen. Toen sprak het: "Deze cybus autem speculatam zal zichzelf vernietigen in 5, 4, 3, 2, 1, 0."

De detectives sloegen op de grond en bedekten hun hoofd met hun handen.

POOF.

En het was weg.

"Oef!" zei Dickens. Toen wees hij in de richting van The London Eye. "Wat is dat in hemelsnaam?" vroeg hij.

De detectives renden voor Charles uit. Ze leidden de weg en maakten het pad vrij. Als twee voetbalverdedigers hielden ze hem veilig. Ze ontweken fietsen, voetgangers en zwerfhonden. Ze stuurden hem andere paden op om trams, taxi's en scooters te ontwijken.

"Het heet The London Eye en je kunt daarboven mijlenver kijken."

"Is er een kans dat we snel iets kunnen eten?" vroeg Charles terwijl hij over zijn maag wreef.

"Waarom kom je niet eerst bij ons een kopje thee drinken," vroeg Paul. "Mijn moeder maakt een geweldig kopje thee en misschien doet ze er wel een koekje of twee bij."

"Klinkt goed," zei Dickens. "Dan moet ik op weg naar huis. Moeder zal zich afvragen waar ik ben. Het is niet de bedoeling dat ik laat buiten blijf, en gezien waar de zon staat, verwacht ik dat hij snel onder zal gaan."

Toen ze Convent Gardens naderden, zag Dickens een gedenkplaat. "Kijk hier," zei hij. "Mijn naam staat hier geschreven."

John en Paul keken naar Charles Dickens.

"Wat?" zei hij.

"Je zult de beroemdste Britse auteur aller tijden worden," zei John. "En Oliver Twist is een van je beroemdste personages."

"Is dat zo?" vroeg Charles.

"Dat is zo," zei Paul. "En ik wil je niet beledigen of zo, maar William Shakespeare is ook behoorlijk beroemd," zei Paul.

"Shakespeare was een toneelschrijver. Heb ik toneelstukken geschreven?" vroeg Charles.

"Nee, je schreef romans. Dan had je misschien gelijk."

Ze kwamen aan bij Pauls huis, "Mam, dit is Charles Dickens," zei hij.

Ze stond in de keuken, droeg een pinny (schort) en ze veegde haar handen af aan de voorkant voordat ze Charles de hand schudde.

"Familie van DE Charles Dickens?" vroeg Pauls moeder.

"Leuk je weer te zien," zei John, terwijl hij van onderwerp veranderde. "Mag ik zo onbeleefd zijn om te vragen om een kopje thee met wat brood en boter?"

"Jullie drieën gaan binnen zitten, ik breng het meteen naar binnen," zei ze en ze werd haar keuken uitgejaagd.

Ze installeerden zich in de voorkamer. Paul ging dicht bij het raam zitten zodat hij door de vitrage naar buiten kon kijken.

Ondertussen dachten John en Paul in dezelfde richting. Hoe ze Charles Dickens hadden ontdekt en hoe ze daar wat geld mee konden verdienen.

Paul zocht, Wanneer stierf Charles Dickens? Antwoord: 1870. Hij liet het scherm aan John zien.

"Waarom wilde je naar Portsmouth?" vroeg John.

"Ik heb daar gewoond," zei Charles.

"Heb je nog meer boeken," vroeg Paul. "Ik bedoel boeken die je nog niet gepubliceerd hebt?"

"Ik weet het niet," zei Charles. "Heb ik veel boeken geschreven?"

"Ja, dat heb je zeker Charles," zei John.

"Goed?" vroeg Charles.

"Ik heb Oliver Twist gelezen toen ik klein was en ook Great Expectations. Uitstekend, maar een beetje lang naar mijn smaak," zei Paul.

"A Christmas Carol was een goede," zei John, "Niet te lang en een uitstekende les geleerd."

De kamer was een paar minuten stil.

"Ik moet die Ezechiël Dickens vinden - of zoals zijn vrienden hem noemen E-Z," zei Charles. "Ik weet niet hoe ik dit weet, maar ik denk dat hij in Amerika woont." Hij gaapte en kon zijn ogen nauwelijks openhouden.

Pauls moeder kwam binnen met een dienblad vol lekkers. Iedereen at naar hartenlust en Charles viel al snel in slaap in de stoel.

"Ah, het kleine ding slaapt als een roos," zei Pauls moeder terwijl ze een deken over hem heen legde.

"Hij is zo klein," zei ze.

"Maar hij is een van de grootste schrijvers," zei hij.

John zei: "Schrijven zit in zijn bloed, dus misschien wordt hij op een dag wel een groot schrijver."

Pauls moeder lachte en ging toen naar boven naar haar kamer om wat tv te kijken.

Ondertussen bespraken Paul en John wat ze met Charles Dickens moesten doen.

"Jammer dat we hem niet kunnen houden," zei John.

"Nou, ik denk niet dat het museum hem zou accepteren," zei Paul.

Beiden spraken af om wat onderzoek naar Charles Dickens te doen op het internet.

POP

POP.

John en Paul staarden voor zich uit alsof ze sliepen. Ook al waren ze heel ver weg. Hadz en Reiki zongen een lied voor hen dat ongeveer zo ging:

"Charles Dickens is nog maar een jongen.

Hij is geen speeltje voor detectives.

Help hem om zijn neef in de VS te vinden.

Doe het in de ochtend of we laten je betalen!"

Dit nummer bleef maar rondspoken in John en Pauls hoofd totdat ze wisten wat ze moesten doen.

"We zullen E-Z Dickens vinden," zei Paul.

"Ja, het is het juiste om te doen," zei John.

POP

POP.

En weg waren ze.

HOOFDSTUK NEGENTIEN

ROSALIE BORED

ROSALIE WERD MOE VAN het lezen van Anne of Green Gables. Hoe ouder ze werd, hoe moeilijker het voor haar werd om zich lang op één ding te concentreren. Ze deed haar bril af en wenste dat ze een lavendelmasker had om haar ogen te bedekken.

BINGO.

Een zacht masker met de geur van lavendel hield het licht tegen en kalmeerde haar vermoeide ogen.

"Het is net alsof er hier een tovergeest is!" zei ze, waarna ze haar ogen sloot en in slaap viel.

Toen ze even later wakker werd en haar masker afdeed, lag ze weer in haar bed in de seniorenwoning. Was ze gek of had ze in gedachten een reis gemaakt?

Rosalie voelde zich een beetje kil, waarschijnlijk door de koude steriele omgeving waarin ze verbleef.

Op bepaalde momenten van de dag daalde de temperatuur.

Op die momenten merkte ze dat de bewoners in hun kamers waren, terwijl de aanwezigen aan het opruimen waren. Omdat ze hard aan het werk waren, merkten ze niets van de kou. Niet zoals de senioren die niets deden.

BINGO.

De onderste lade van haar kast ging open en haar zachte, pluizige rode trui vloog naar haar toe. Het hield zichzelf in evenwicht terwijl ze haar armen erin stak. Ze nestelde zich en voelde de warmte terwijl het ding zichzelf dichtknoopte.

"Dit is een nogal vreemde gebeurtenis," zei ze.

Ze zat rustig en droomde van een warme kop thee met veel suiker en melk.

BINGO.

Een mooie theepot met bloemen erop stond op een tafeltje vlakbij. Toen de thee was getrokken, schonk hij zichzelf in een bijpassend theekopje, voegde twee klontjes suiker en een scheutje melk toe.

"Drie klontjes, alsjeblieft," vroeg Rosalie.

Een derde brok werd toegevoegd.

Het kopje thee op een schoteltje zweefde naar haar toe.

"Wat dacht je van een zandkoekje of twee?" vroeg ze.

Het stopte in de lucht.

BINGO.

Op het schoteltje lagen nu twee zandkoekjes.

"Je bent een theelepel vergeten!"

BINGO.

"Dank je," zei ze, terwijl ze zich nog steeds afvroeg of ze aan het hallucineren was en/of haar verstand aan het verliezen was.

Toch was de thee heet, niet te heet. Zoet, niet te zoet. En de zandkoekjes smaakten heerlijk.

Toen ze de laatste druppel uit de beker had gedronken ....

BINGO

Het verdween zo uit haar hand.

Ze vroeg zich af hoe lang deze magische trucs, of trucs van haar verbeelding, nog zouden duren. Zolang het duurde, zou ze er volop van genieten.

"Wacht even!"

Ze herinnerde zich het boek. Het boek waarvan ze niet wilde dat iemand het kon lezen.

"Kun jij," vroeg ze aan de lucht, "het zo maken dat de ander die mijn boek kan lezen." Ze reikte in de la en hield het omhoog. "Dus, de enige die het kan lezen, naast mezelf, zijn Lia, Alfred en E-Z. Niemand anders. Als iemand anders het vindt en door de pagina's bladert, zijn ze allemaal blanco."

Ze wachtte op een teken. Of een geluid, maar dat kwam niet.

Ze legde het boek terug in de lade, draaide zich om en ging weer slapen.

POP

POP

"Slaapt ze al?" vroeg Hadz.

"Ik denk het wel. Ze snurkt!"

"Voorzichtig om haar niet wakker te maken. Maar we moeten haar aan boord brengen - ik bedoel, officieel."

"De aartsengelen gaven haar krachten om op Lia, E-Z en Alfred te letten. Ze weten van haar," herinnerde Reiki zich.

"Dat is waar, en ze zal trouw zijn aan die kinderen. En de anderen. De aartsengelen weten niets specifieks over hen - en ik denk dat dat beter is."

"Mee eens. Dus, wat moeten we doen. Om het zo te maken?"

"Rosalie," fluisterde Hadz direct in haar linkeroor. "Je wilt Lia, E-Z en Alfred nu toch helpen?"

"Ja," kirde Rosalie.

Reiki sprak. "En hoe zit het met de anderen? Ben je bereid hen te beschermen? Zelfs tegen de aartsengelen?"

"Ja," antwoordde Rosalie.

"Heel goed," zei Reiki. "Laten we haar geheugen nu een oppepper geven. We willen toch niet dat ze vergeet wat ze heeft afgesproken om te doen?"

Hadz en Reiki zongen een lied,

"Herinneringen zijn mooie dingen.

Die rondzweven als rookringen.

Terug en vooruit, vooruit en terug

Laat Rosalies herinneringen haar op het goede spoor houden.

Magie, magie in de lucht en in de zee

Ons contract met Rosalie binden."

POP

POP

Hadz en Reiki waren weg, terwijl lieve oude Rosalie verder snurkte.

HOOFDSTUK TWINTIG
COUSINS

S OCHTENDS, IN ENGELAND, terwijl de ketel aan het koken was, maakten John en Paul zich klaar. De computer stond aan en de zoekmachine stond open.

"Ik zal thee zetten," zei John.

"Ik begin met typen," zei Paul, terwijl hij Ezechiël Dickens in de zoekbalk toetste. "Oh," zei hij. "Dat was onverwacht."

John kwam aan met een dienblad vol thee, suikerklontjes in een kom, warme beboterde toast en een pot marmelade ernaast.

"Iets gevonden," vroeg hij.

"Kijk hier eens naar," zei Paul terwijl hij aan het scherm draaide en suikerklontjes door zijn thee roerde.

Het was de Superheldenwebsite van de Drie. Ze keken toe hoe E-Z zichzelf voorstelde, gevolgd door Lia en Alfred.

"Is dit legaal?" vroeg John. "Ze zien eruit als drie personages van het tekenfilmnetwerk."

Toen begon de recreatie van de reddingsactie in de achtbaan. Paul drukte op PAUZE. Hij opende een ander venster. Typte Pretpark Redding E-Z Dickens in. Er verscheen een krant met een artikel erover. "Het is legaal," zei hij.

"Dus Charles' familielid is een superheld?"

"Vind je dat we op elkaar lijken?" vroeg Charles. Hij sliep nog half in de te grote pyjama die hij had gekregen om in te slapen. Hij nam een snee toast van het bord en beet erin.

"Jullie hebben allebei de neuzen van Dickens," zei John.

Charles keek nog eens goed naar het gepauzeerde deel van het scherm.

"Gebaseerd op wanneer je geboren bent," zei Paul terwijl hij het googelde, in 1812 tot nu, zou E-Z je zevende of achtste achterneef zijn."

"Wat betekent een neef die verwijderd is?"

"Het betekent het aantal generaties tussen jullie," zei John.

"Dus mijn voorouder is een superheld. Wat is een superheld? Is het zoals in Sir Gwain en de Groene Ridder?"

"Ah, ik herinner me dat ik dat op school las toen ik klein was, ja, ridders en superhelden lijken op elkaar," zei Paul.

John scrolde naar beneden om te zien of E-Z Dickens ergens anders werd genoemd. Er waren YouTube-filmpjes van hem die honkbal speelden voordat hij in een rolstoel zat en daarna.

"Hij is nogal een atleet," zei John. "En hij sport in een rolstoel."

"Het spel lijkt op Rounders," zei Charles.

"Oh wacht, hier is iets over zijn ouders," zei Paul.

Ze lazen de overlijdensberichten van de ouders van E-Z, over het ongeluk dat hen het leven had gekost.

"Arme jongen," zei Charles. "Hij heeft nu tenminste zijn vaders broer Sam om voor hem te zorgen."

"Waarom geven we hem niet gewoon een ring?" vroeg Paul. Hij klapte zijn telefoon open en belde informatie.

Charles keek over zijn schouder toe, terwijl Paul erin sprak en een vrouwenstem antwoordde. "Ik heb een kopje thee nodig," zei hij.

John ging naar de keuken om er een voor hem te halen.

Ondertussen vroeg Paul naar het nummer van een Ezechiël Dickens in Noord-Amerika. Nadat hij het nummer had gekozen en de telefoon begon te rinkelen, zette Paul hem op de luidspreker.

"Hallo," zei Sam.

Charles liet bijna zijn kopje thee vallen.

"Uh, hallo, mijn naam is Paul en ik bel vanuit Londen, Engeland. Ik wil graag spreken met Ezekiel Dickens, alstublieft."

"Ik ben zijn oom, mag ik vragen waar dit over gaat?" Sam liep door de gang naar de kamer van E-Z.

De drie keken naar een film op de nieuwe flatscreentelevisie. Sam pakte de afstandsbediening en drukte op MUTE. Daarna zette hij zijn telefoon op luidspreker.

"Om eerlijk te zijn weet ik het niet zeker," zei Paul. "Ik ben het niet die hem wil spreken, het is..."

"Ik." Een nieuwe stem nam de telefoon over. Een jongere stem.

"En wie ben jij?" vroeg Sam.

"Mijn naam is Charles Dickens."

Sam gaf de telefoon aan zijn neef. "Hij zegt dat hij Charles Dickens heet."

"Ik zei toch dat er vandaag iets vreemds zou gebeuren," zei Alfred.

"Ik ook," zei Lia, "Maar ik wist niet dat Charles Dickens erbij betrokken zou zijn!"

E-Z aarzelde voordat hij zei: "Dit is E-Z Dickens, uh, Mr. uh, Charles. Hoe kan ik u van dienst zijn?"

Charles lachte. Het was een nerveuze lach. Hij wist niet wat hij moest zeggen. Hij had nog nooit met iemand aan de andere kant van de wereld gesproken.

"Ik kwam terug," flapte hij eruit. "Om jou te vinden. John en Paul, mijn vrienden, zijn (hij legde zijn hand over de telefoon) - detectives..."

E-Z had nog nooit van de term detectoristen gehoord.

"Ze gebruiken apparaten om dingen te vinden," zei Alfred.

Paul nam het over. "Er landde een ding in de rivier. Charles Dickens zat erin. Twee lichten, een groene en een gele, vertelden ons dat Charles in contact moest komen met E-Z Dickens."

"Wat voor iets?" vroeg E-Z. "Was het een soort silo?"

"John hier," zei een nieuwe stem. "Nee, het was een kubus. Een gespiegelde kubus."

E-Z hield zijn hand boven zijn telefoon, "Klinkt niet als zo'n silo ding."

"Hebben de engelen je gestuurd?" flapte Lia eruit. zei "Ik ben trouwens Lia en andere stem die je hoorde was Alfred. We zijn hier samen met E-Z en Sam."

"Aangenaam kennis te maken," zei Charles.

"Hoe oud ben je?" vroeg E-Z.

"Ongeveer tien, denk ik. Is het waar dat we neven zijn?"

"Ja," zei E-Z, "en oom Sam is ook je neef."

"We zijn verbonden door ruimte en tijd," zei Charles.

"E-Z is ook een schrijver," zei Sam.

E-Z kromp ineen en zijn wangen voelden heet aan.

Sam bracht zijn neefje terug naar de realiteit.

"Dit is veel om te verwerken, meneer Dickens, ik bedoel Charles. We moeten plannen maken om je hier te krijgen, of dat of ik kan naar je toe komen. Kunt u een tijdje bij John en Paul blijven en nemen we weer contact op zodra we weten wat we moeten doen?"

Paul zei: "Ja, mama zegt dat Charles helemaal geen probleem is. Hij kan bij ons blijven zolang hij wil."

"Ik bel je terug," zei E-Z.

De telefoon verbrak de verbinding.

"Oh, trouwens," zei Sam, "er stond niets nuttigs op de harde schijf van Arden. Iets anders dan bevestigen dat ze samen online waren en een multiplayer schietspel speelden."

"Goed om te weten," zei E-Z, zoveel had hij zelf al bedacht.

HOOFDSTUK EENENTWINTIG
HET PLAN EN ROSALIE

IN ZIJN KAMER BESPRAKEN E-Z, Lia en Alfred samen met Uncle Sam het gesprek dat ze hadden gehad.

"Ik kan niet geloven dat de echte Charles Dickens ons belde," zei Sam.

"Ja, maar wat ik niet snap is waarom hij hier is. En waarom hij hier is," zei E-Z. "Ik bedoel, hij is tien jaar oud - denkt hij. En zijn manier van reizen klinkt raar, een gespiegelde vierkante doos. Waar gaat dat in vredesnaam over?"

"Het klinkt niet als een ruimteschip," zei Alfred, "Niet dat we weten hoe een ruimteschip eruit zou zien."

"Wacht even!" zei Lia.

E-Z keek haar aan. "Denk jij wat ik denk?"

Ze knikte.

"WAT?" vroeg Alfred.

"Weet je nog dat de aartsengelen ons opriepen, om ons te vertellen dat een van ons moest sterven?" vroeg Lia.

Alfred en E-Z knikten.

"Denk aan de container. Alsof je er weer in zit en denk aan de spullen die we hebben gevonden. De papieren die we hebben gevonden?"

"Ik zie wat je bedoelt. Je bedoelt de andere wereldse informatie. Over ons leven in alternatieve dimensies?" vroeg E-Z.

"Precies," zei Lia.

Alfred stuiterde op en neer op het bed.

"Wat?" vroeg Sam.

E-Z legde het zo goed mogelijk uit.

"Eens kijken of ik het goed begrijp," zei Sam. "We hebben allemaal een leven, ergens anders dan hier. Ik bedoel op aarde. Er zijn andere versies van onszelf, die een ander leven leiden dan wij. In andere tijden, andere ruimtes, andere dimensies."

"Dat klopt," zei E-Z.

"Kunnen we ons leven dan veranderen?" vroeg Sam. "Ik bedoel, de uitkomst veranderen? Kunnen we voorkomen dat er vreselijke dingen gebeuren?"

"Ik denk het niet," zei Lia. "Maar ik weet niet hoeveel ze willen dat we weten over de andere dimensies. Maar van wat Eriel ons wel heeft verteld, zijn wij het centrum. Al het andere dat gebeurt draait om ons, en het leven dat we nu leiden."

"Dus," zei Alfred, "dat Charles Dickens hier is, heeft iets te maken met Eriel en de anderen."

"Ja, dat denk ik ook," zei E-Z. "Maar waarom nu? De rechtszaken zijn afgelopen. Het was hun keuze. Toch kunnen ze me niet met rust laten."

"Charles Dickens terugbrengen. En dan ook nog een tien jaar oude versie van hem! Dat slaat nergens op," zei Lia.

"Misschien als we hem ontmoeten," zei Sam, "wordt alles duidelijk."

"Niet als Eriel erbij betrokken is," zei E-Z. "Bij hem is niets eerlijk."

"Het lijkt erop dat een reis naar Londen de enige manier is om daar achter te komen," zei Sam.

"Het voelt alsof ik er nog niet zo lang geleden was."

"Ja, je kunt gemakkelijk gaan. Je hoeft alleen maar je stoel de goede kant op te wijzen en je kunt gaan," zei Alfred. "Bij mij komt er veel energie bij kijken door al dat geflapper en de wind speelt een rol."

"Je zou op een vliegtuig kunnen stappen als oom Sam met je meeging," stelde E-Z voor. "Je hoeft alleen maar in een stoel te gaan zitten met de andere passagiers en te genieten van de rit."

Alfred liet zijn hoofd hangen.

"Ik zeg het niet om je slecht te laten voelen. Ik herinner je er alleen aan dat we allemaal in hetzelfde schuitje zitten."

"Dat begrijp ik. En bedankt."

Oké, nu terug naar de zaak," voegde E-Z eraan toe. Hij klikte de televisie uit.

Lia staarde voor zich uit, alsof ze in trance was. "Rosalie!" riep ze uit.

"Wie?" vroeg Alfred.

Lia bleef in de ruimte staren.

"Is alles goed met Lia?" vroeg Sam. "Ze ademt nauwelijks."

Lia stond op. "Ik moet je iets vertellen. Ik heb iemand ontmoet, niet persoonlijk maar in mijn hoofd. Ze zit in mijn hoofd en ik praat al een tijdje met haar. Ze vroeg me om niets te zeggen - nog niet. Ik denk dat dit verband houdt met dat hele Charles Dickens reïncarnatiegedoe."

"We luisteren," zei E-Z terwijl hij dichterbij leunde.

"Haar naam is Rosalie. Ze woont in een bejaardentehuis in Boston - en ze is vrij oud. Ze heeft dementie."

"Is dat niet degene die geheugenverlies veroorzaakt?" vroeg Alfred.

Maar zodra Rosalie Lia haar naam hoorde noemen, werd ze in gedachten en in haar lichaam naar de kamer van E-Z getransporteerd. Ze zweefde boven hen en luisterde aandachtig naar elk woord dat werd gezegd. Ze schraapte haar keel om te zien of ze haar konden zien of horen - dat konden ze niet. Ze wenste dat ze haar notitieboekje en pen had meegenomen.

BINGO.

Beide kwamen in haar handen. Ze glimlachte en begon aantekeningen te maken.

"Bedoel je dat jullie verbinding hebben - via ESP?" vroeg Alfred. "Ik dacht dat ik de enige was die ESP had?"

"Het is niet echt ESP denk ik. Niet op dezelfde manier als jij het hebt."

"Hoezo?" vroeg Alfred.

"Rosalies herinneringen zijn weg. De meeste in ieder geval. Ze herkent haar familie niet eens als ze op bezoek komen. Ze komen niet vaak op bezoek. Dat vindt ze niet erg, want ze mag ze niet. Maar op de een of andere manier raakten we met elkaar verbonden. En ze wist alles over ons en onze krachten. Ze heeft voor ons gezorgd, min of meer."

"Waarom vertel je ons dit nu?" vroeg E-Z.

"Omdat ze zei dat het goed was. En ze had het ook over de Witte Kamer. Ze is daar niet één, maar twee keer geweest. De eerste keer kwam ze veilig terug in haar bed - maar deze keer niet. Ze zegt dat ze er nu is en dat ze haar niet naar huis laten gaan."

"Zoals jullie allebei weten, ben ik in een Witte Kamer geweest," zei hij. "Het is waar de Aartsengelen voor het eerst beloften deden en me vertelden dat ik weer bij mijn ouders zou kunnen zijn. Eigenlijk waar ze me aan boord brachten met behulp van de proeven."

Sam zei: "Eriel heeft me een keer ontvoerd naar de Witte Kamer. Het was leuk genoeg, in het begin in ieder geval - totdat hij me niet meer wilde laten gaan."

"Ja," zei E-Z, "Eriel heeft tactloos. En het is een behoorlijk coole plek. Je krijgt alles waar je om vraagt door erover na te denken - zoals magie. En er zijn boeken - boeken met vleugels. Maar ik wil hier niet te veel in detail treden - laten we ons concentreren op Rosalie. Wat gebeurt er nu?"

Rosalie lachte en dacht: wat als ze Lia zou vertellen dat ze op twee plaatsen tegelijk was? Nee, dat zou ze misschien te gek vinden. Ze praatte met Lia in haar hoofd en vertelde een paar leugentjes om bestwil.

"Ze zegt dat ze doet alsof ze slaapt. Ze herinnert zich twee stippen, een groene en een gele die voor haar ogen zweefden."

"Hadz en Reiki," zei E-Z. "Zeg haar dat ze niet bang voor ze hoeft te zijn. Zij zijn de goeden."

Ah, zuchtte Rosalie. Toen realiseerde ze zich dat dit wel eens de kans kon zijn waar ze op had gewacht. Om De Drie over de anderen te vertellen. Ze dacht goed na en besloot toen dat het tijd was om te delen wat ze wist.

"Oh wacht, ze wil dat ik je iets vertel." Lia staarde voor zich uit toen Rosalie's stem tussen haar lippen door stroomde: "Er zijn anderen zoals jij, ik heb ze gezien. Ik denk dat ik daarom hier ben."

"Anderen, zoals wij?" riepen Lia, Alfred en E-Z uit.

"Ik weet niet zeker hoeveel ik ze moet vertellen over de andere kinderen hier in deze kamer. Heeft u advies voor mij? Wat moet ik zeggen? Zullen ze me pijn doen?

Als ik ze vertel over de andere kinderen - zullen ze hen dan pijn doen?" zei Rosalie, via Lia.

"Over naar jou, E-Z," zei Lia als zichzelf.

"Luister eerst naar wat ze te zeggen hebben," zei E-Z. "Ze zullen je vertellen wat ze al weten en dan kun je beslissen hoeveel ze nog moeten weten."

"Een goed advies," zei Alfred. "Wees altijd een goede luisteraar. Vooral als je tegen je wil wordt vastgehouden op een vreemde plek."

Lia bood aan: "Ik hou de jongens hier op de hoogte, als je wilt dat we aan de lijn blijven - bij wijze van spreken."

Rosalie sprak terwijl ze Lia's mond als haar eigen mond gebruikte: "Ik moet al mijn verstand bij me houden... dus ik zeg nu even 'over en uit'. Bedankt aan jou en de bende voor de hulp. Ik neem contact op als ik je nodig heb terwijl ik hier ben. Anders laat ik het je weten als ik weer thuis ben, wat snel zal zijn want ik mis het avondeten. Vanavond is het kalkoen, aardappelpuree en erwten." Ze aarzelde. "Oh, en trouwens Lia, dat is een mooi topje dat je draagt."

BINGO.

"Dank je," zei Lia, terwijl ze naar beneden keek naar haar T-shirt en zich afvroeg hoe Rosalie wist wat ze aanhad.

"Wat?" vroeg E-Z.

"Oh, niets," zei Lia.

Weer terug in de Witte Kamer. Rosalie bedacht dat haar notitieboekje beter in de lade van haar nachtkastje kon liggen.

BINGO

En weg waren ze.

BINGO

Het avondeten kwam. Ze had alles heerlijk op, maar nu kon ze alleen nog maar denken aan een dikke shake met aardbeien.

BINGO.

Er kwam er een aan met daarnaast een stuk citroenmeringue taart.

Op dat moment kwamen Eriel en Raphael aan.

"Oh, oh," zei de ladder, terwijl ze naar haar toe zweefden alsof ze verkleed waren voor Halloween.

"Droom ik? Of dood?" vroeg Rosalie.

"Geen van beide" antwoordden de aartsengelen.

HOOFDSTUK TWEEËNTWINTIG

BIJEENKOMST

"EET JIJ MAAR VERDER," zei Raphael.

"Ja, we hebben niets beters te doen," zei Eriel.

Terwijl ze toekeken hoe ze at, had Rosalie moeite met kauwen. Moeite met proeven. En het leek kouder. Ze wierp een blik op de boekenplanken, op de ladder. Ze had het gevoel dat deze twee vreemdelingen niets goeds van plan waren toen ze haar mes en vork neerlegde.

"Allereerst," begon Eriel, "moet dit gesprek tussen ons blijven en alleen tussen ons."

In gedachten sprak ze tegen Lia. "Ben je daar, kind? Luister je?"

"Uitsterven.

"Het spijt me," zei Rosalie, "maar kunt u opnieuw beginnen, ik bedoel vanaf het begin? Ik ben oud en ik ben het spoor bijster."

Eriel snoof. Als een klein jongetje dat was uitgescholden opende hij zijn vleugels en vloog weg. Toen hij de top van de bibliotheek naderde, sloeg hij zijn armen over elkaar en wachtte. Wachtend tot Rafaël het zou proberen.

Raphael leunde dichter naar Rosalie toe.

"Je bril is echt heel mooi," zei Rosalie. "Maar ik word er een beetje zeeziek van met al dat bloed dat erin ronddrijft."

Eriel lachte.

Raphael deed haar bril af en stopte hem in haar zwarte mantelzakken.

"Mijn liefste Rosalie," koerde Raphael, "negeer alsjeblieft de onbeleefdheid van mijn geleerde vriend, maar we zitten hier in een situatie. Een situatie waarin we niet alleen jouw hulp nodig hebben, maar ook die van E-Z, Lia, Alfred en de anderen. Je weet naar wie ik verwijs als ik het over de anderen heb, toch?"

Rosalie knikte en zei niets.

"We zijn een team van aartsengelen en onze krachten zijn beperkt. Wat er over de hele wereld gebeurt, gebeurt met zielen."

"Bedoel je, als mensen doodgaan?" vroeg Rosalie.

"Precies."

"Maar is dat niet meer jouw domein dan het onze? Je hebt met God gesproken - hij kent je toch? En als je een nijpende situatie probeert te herstellen, waarom vraag je het hem dan niet rechtstreeks?"

Omdat Raphael en Eriel niet spraken, ging Rosalie verder.

"Van wat ik heb begrepen wordt iemand die overlijdt begraven. Of gecremeerd. Hun zielen - als ze bestaan - leven voort op een andere plaats."

Eriel stond binnen een paar seconden snauwend voor haar neus. "Dat klopt niet.

Raphael duwde hem opzij. "Het is ingewikkelder dan je weet. Te ingewikkeld voor de meeste mensen om te bevatten."

"Mensen zijn behoorlijk slim," zei Rosalie. "We zijn naar de maan geweest, hebben het vliegtuig uitgevonden, het internet, vuur. Ik ben geen genie, en toch bracht je me hier, om me te overtuigen."

Eriel lachte weer.

Deze keer kon Raphael het niet laten en ook zij lachte.

En lachte. En lachte.

Geen van beiden kon zichzelf tegenhouden.

Rosalie negeerde ze. Negeerde wat er om haar heen gebeurde. De ladder die zichzelf heen en weer gooide. De boeken die eruit sprongen en er dan weer in. Het was zo'n herrie. Zo lawaaierig. Ze verlangde weer naar de stilte van haar kamer.

Anne of Green Gables, dacht ze.

BINGO.

Het boek lag in haar handen. Ze sloeg het open, vond een bladwijzer en las. Als ze haar hulp nodig hadden, zouden ze ervoor moeten werken. Nu ze haar en de hele mensheid beledigd hadden, ging ze het hen niet gemakkelijk maken.

"Goed zo," fluisterde Lia in Rosalies hoofd. "Jij hebt de leiding. En ik ben hier met E-Z en Alfred en we steunen je."

Raphael en Eriel lachten nog steeds. Oncontroleerbaar. Ze stuiterden in de lucht tegen elkaar op, als ballonnen die aan elkaar vastzaten.

Toen herinnerde ze zich dat haar Lemon Meringue Pie nog niet opgegeten was. Ze legde het boek opzij, duwde haar vork erin en nam een hap. Hij was perfect. Niet te zoet of te wrang, precies zoals haar moeder hem altijd maakte. Ze nam nog een hap.

Boven haar waren Eriel en Raphael in hysterie.

"Hou op!" riep Rosalie. "Jullie zijn de meest onbeschofte, de meest onaangename dingen die ik ooit heb ontmoet. En ik heb al heel wat onaangename mensen ontmoet." Ze legde haar vork neer. "Hebben jullie geen manieren geleerd? Enige manieren?" Ze pakte haar vork op en wees ermee in hun richting.

Eriel vloog naar beneden. Binnen een paar seconden stond hij op Rosalie met zijn mond open. Ze stak hem in de citroenkwark en vorkte hem toen in de mond van de aartsengel.

"Ewwwwww!" gilde hij. Hij spuugde het uit alsof ze hem arsenicum had gegeven.

"Moeder heeft me altijd geleerd om te delen," zei ze met een grijns.

Eriëls bleekheid veranderde van zwart naar groen. Na het overgeven verdween hij door de muur.

"Ik denk dat hij geen taartfan is?" zei Rosalie.

Lia lachte in Rosalies gedachten.

Raphael haalde haar bril uit de zakken van haar gewaad, maakte hem schoon en zette hem terug op haar gezicht. Ze ging naast Rosalie zitten. Ze zat zo dichtbij dat ze bijna op haar schoot zat.

Arme Rosalie.

"WE WETEN DAT ER ANDEREN ZIJN EN WE MOETEN WETEN WIE ZE ZIJN EN WAAR ZE ZIJN - NU!"

Terwijl ze sprak, vervormde Raphaels gezicht tot een onherkenbaar iets.

Rosalies haren stonden overeind. Haar lichaam trilde.

"Onbeschofte mensen krijgen nooit waar ze om vragen en jij, liefje, bent erg onbeschoft. En je vriendin ook," fluisterde Rosalie.

Rosalie werd weer zichzelf.

Alleen was de tact van de aartsengel deze keer veranderd. En haar stem was stroperig toen ze zei,

"Ik ga door die muur en voeg me bij Eriel. Over vijf minuten komen we terug en beginnen we opnieuw. We hebben je hulp nodig - je hebt gelijk - en we vragen er niet om op de manier waarop we dat zouden moeten doen." Dan naar de vrouw in de muur: "Zet de timer op vijf minuten." Dan terug naar Rosalie: "Als de timer afgaat, komen we terug en beginnen we opnieuw." Zoals beloofd bewoog Raphael zich naar de muur toe en verdween er doorheen.

De klok in de muur tikte luid. Het leek niet op zijn plaats. Zelfs te luidruchtig voor de bibliotheek.

"Het is heel vervelend!" zei de ladder, terwijl hij dichterbij kwam.

"Het spijt me, voor alle commotie," zei Rosalie. "Dat ik hier ben heeft alleen maar chaos veroorzaakt."

"We vinden je leuk," zei de ladder. "Waarom beweeg je niet een beetje? Dan voel je je beter."

Rosalie stond op en verwachtte dat ze zich moe zou voelen na zo'n grote maaltijd. In plaats daarvan had ze energie. Vooral haar benen. Ze voelden aan alsof ze weer tien jaar oud was. Ze deed een jumping-jack. Zo leuk!

"En nu," zei Rosalie, "haar volgende truc. De Grote Oma zal niet één, niet twee, maar drie opeenvolgende radslagen proberen," - en dat deed ze. "Dank u, dank u!" zei ze, terwijl ze boog en zwaaide alsof ze een gouden medaille had gewonnen op de Olympische Spelen.

BRRRIIIING.

De timer liep af. Eriel en Raphael kwamen aan.

De aartsengelen waren anders gekleed. Alsof ze naar twee verschillende feestjes gingen.

Eriel droeg een donker krijtstreeppak, wit overhemd en stropdas.

Raphael droeg een rode Mumu-achtige jurk die haar lichaam van nek tot tenen helemaal bedekte.

"Ik voel me ondergekleed," zei Rosalie.

BINGO.

Ze droeg nu haar meest chique jurk. Het was de jurk waarvan ze had aangegeven dat ze die na haar dood wilde dragen.

Ze viel in de stoel, met haar ogen omhoog starend. En de aartsengelen zweefden naar haar toe. Hun vleugels bewogen, als vlindervleugels, terwijl ze haar met gratie en schoonheid naderden. Haar ogen welden op.

"Hoe kan ik jullie helpen, lieverds?" vroeg Rosalie.

Het was alsof ze nu een macht over haar hadden, een macht die ze niet wilde overwinnen. Ze viel op de grond, nu geknield voor de twee aartsengelen. Rafaël raakte haar op de rechterschouder aan en Eriël op de linkerschouder.

"Vertel ons wat we moeten weten," koerden ze.

"De anderen zijn verspreid," zei ze, waarna ze zich als een snoerloze pop op de grond liet vallen.

"Ze is hier te oud voor," zei Eriel. "Als ze sterft, hebben we niets meer aan haar."

"Ga door, het werkt."

POP.

POP.

Hadz en Reiki verschenen en fluisterden in Rosalies oren. Ze hielpen haar overeind.

"Wegwezen jullie twee indringers!" riep Eriel met een explosieve stem,

Rosalie ontsnapte uit de trance waarin ze haar hadden gebracht.

"Wegwezen!" riep Raphael uit en er was geen POP, in plaats daarvan was het geluid dat we hoorden een enkele

SPLAT.

Rosalie legde haar handen op haar heupen, "Ik hoop dat je die twee schatjes geen pijn hebt gedaan. Sterker nog, als je wilt dat ik overweeg je te helpen, dan moet je ze NU hier terugbrengen, zodat ik kan zien dat ze in orde zijn. Ik weiger nog iets tegen je te zeggen totdat je ze terugbrengt." Ze stak de kamer over, ging met haar rug tegen de witte muur zitten, sloot haar ogen en wachtte. Ze had de hele dag, de hele week, het hele jaar. Ze had geen haast om ergens te zijn of iets te doen.

POP.

POP.

"Dank je," zeiden Hadz en Reiki, terwijl ze op Rosalies schouders gingen zitten.

"We verknoeien dit," zei Rafaël. Toen tegen Hadz en Reiki: "Jullie kennen de situatie waarin de aarde verkeert, kunnen jullie ons helpen de hulp van deze mens te verkrijgen?"

Reiki zei: "We weten dat er een situatie is! Als je de deal met E-Z, Lia en Alfred niet had verbroken, waren ze al aan boord geweest. Rosalie vertrouwt jullie geen van beiden."

Hadz zei: "En je bent niet eerlijk tegen haar geweest."

Hadz zei: "Bij mensen draait alles om vertrouwen en eerlijkheid."

Eriel stormde op hen af.

Raphael hield hem tegen voordat ze zei: "Er is een fout gemaakt, van onze kant en deze fout heeft oorzaak en gevolg. We proberen de aarde te redden van nevenschade. De enige manier waarop we dat kunnen doen, is een beroep doen op degenen die krachten hebben gekregen, bovennatuurlijke krachten, superheldenkrachten. Zonder hen zal de mensheid falen - en het zal onze schuld zijn."

Rosalie stond op. Ze wierp een blik op de twee kleine wezentjes die op elk van haar schouders zaten. "Kan ik deze twee vertrouwen?"

"Raphael is betrouwbaar," zei Hadz.

"Maar we zijn niet zeker over hem," zei Reiki.

POP.

POP.

Beiden verdwenen uit angst om door Eriel terug naar de mijnen te worden gestuurd.

Eriel steeg op, hoger en hoger, en verdween toen door het plafond.

Rosalie veranderde van onderwerp. "Terwijl ik erover nadenk, kun je me uitleggen wat deze plek is? Ik noem het De Witte Kamer, maar is dat de juiste naam - en hoe komt het dat telkens als ik iets wens, het verschijnt? Misschien heet het de Magische Kamer?" Op dat moment dacht Rosalie aan E-Z, de engel/jongen in de rolstoel.

ACK.

E-Z aangekomen.

"Whoa!" zei hij, toen hij zich realiseerde dat hij zich bij Rosalie in de Witte Kamer had gevoegd. Hij dacht aan zijn zonnebril en

PRESTO

Ze zaten op zijn gezicht. Hij liep de kamer rond om zijn benen en de vloer opnieuw te voelen. Toen stak hij zijn hand uit en zei: "Jij moet Rosalie zijn."

En je moet E-Z zijn, zei ze, "Zonder je rolstoel. Deze plek is echt magisch!"

"En hallo, Raphael."

"Welkom, E-Z," zei Raphael. Toen tegen Rosalie: "Tot zover de discretie - dit was vertrouwelijk bedoeld."

"Welke beloftes ze je ook doet, ze zal ze breken. Ze is waardeloos in het houden van haar woord - en Eriel is nog erger evenals Ophaniel - en je hebt haar nog niet eens ontmoet. Maar toch, je laten weten dat ze allemaal een stelletje leugenaars zijn."

"Dat had ik door," gaf Rosalie toe. "En hij is weggegaan, Eriel gedraagt zich als een verwend kind."

"Dat had ik graag gezien", zei E-Z. "Het klinkt heel on-Eriel-achtig, maar man, het zou geweldig zijn geweest om te zien."

"Genoeg van deze hartelijkheden," zei Raphael. "Ik heb geen andere keuze denk ik, dan de situatie ook aan jou uit te leggen." Ze stampte met haar voeten en haar vleugels zakten mokkend naar haar zij. Ze draaide zich om naar E-Z en Rosalie. "De wereld moet gered worden, door een fout van onze kant. Willen jij en de anderen ons helpen om de situatie recht te zetten - ik bedoel om de aarde te redden, of niet?"

Rosalie en E-Z wisselden blikken uit.

"Ga je gang," zei ze. "Ik ga akkoord met wat je ook beslist."

E-Z antwoordde niet onmiddellijk.

"Als je me alles vertelt, geef ik het door aan de anderen en gaan we stemmen. We zijn een democratische groep."

"Hoe lang gaat dat duren?" Raphael spotte. "En hoe kom je bij mij terug? Zal ik misschien Rosalie hier als gevangene houden tot je het hebt uitgezocht? Zal vierentwintig uur genoeg tijd zijn?"

Rosalie zei: "Ik vind het niet erg om in deze kamer te blijven. Er zijn genoeg boeken om te lezen en ik kan alles bestellen wat ik wil. Veel interessanter en spannender dan in huis zijn."

E-Z knikte. Tegen Rosalie zei hij: "Dank je en je hebt gelijk dat deze kamer heel bijzonder is. Je zult hier veilig zijn." Toen tegen Raphael: "Rosalie zal niet jullie gevangene zijn, maar jullie gast." Een boek vloog van de plank en belandde in zijn hand. Het was Harry Potter en de Geheime Kamer.

"Dat wil ik graag lezen," zei Rosalie. Het boek verliet E-Z's hand en vloog naar Rosalie toe. Ze ving het op, sloeg het open en begon meteen te lezen.

"Rosalie zal onze gast zijn," zei Raphael. "Vierentwintig uur dan?"

"Vierentwintig uur," stemde E-Z in.

"Wacht!" schreeuwde een stem. Een stem zonder lichaam. Een stem die echode en echode. Totdat een boek loskwam van een plank erboven. Het stortte neer op de grond, totdat zijn vleugels naar voren sprongen en het redde van zijn rug te breken.

Raphael keek geschrokken op van de stem. Ze probeerde zich terug te trekken, maar iets hield haar tegen.

Rosalie en E-Z wachtten en luisterden.

"Rafaël heeft je niet alles verteld," zei de donderende stem.

Het was alsof de lucht trilde bij elke lettergreep, maar op een goede, vriendelijke en zachte manier, niet op een enge manier van het einde van de wereld.

"Vertel het ons," zei E-Z.

"Een beetje stiller," stelde Rosalie voor. "Ik ben oud, maar niet doof hoor!"

"Sorry," zei de stem. Hij schraapte zijn keel. Fluisterde toen: "E-Z Dickens, weet je nog welke keuzes we je gaven? De twee keuzes?"

E-Z herinnerde zich ze goed genoeg. Eentje zou voor altijd in de silo blijven. De herinneringen aan zijn familie in een lus. De andere was terugkeren naar zijn leven met Uncle Sam.

"Ja."

"Vertel me wat je je herinnert van de keuzes?" vroeg de stem.

"Ze zeiden dat ik in de container kon blijven en de herinneringen aan mijn familie kon herbeleven of terugkeren naar mijn leven bij Uncle Sam."

"En de zielenvanger? Wat is daarmee?"

"Niets," gaf E-Z toe met een schouderophalen.

De stem bulderde - alsof spreken nu pijn deed. De planken schudden en dingen POPPEN willekeurig in en uit de lucht. Eerst was er een gigantische augurk. Het groene voorwerp draaide met de klok mee, toen tegen de klok in en verdween toen.

Vervolgens verscheen er een spiegelbol boven hen. Hij veranderde van kleur terwijl hij ronddraaide. Toen hij veel te snel draaide, vreesden ze dat hij op hen zou neerstorten. Ze zochten dekking, maar voordat ze er waren verdween de bal.

Vervolgens verscheen het hoofd van een clown. Het zweefde voor hen en zei: "Wat is zwart en wit en zwart en wit, en zwart en wit en zwart en wit."

"Genoeg!" donderde de stem.

"Het spijt me," zei Raphael.

"Dat zou je moeten zijn!" siste de eerste stem. Toen zei hij stiller, zachter, "E-Z en zijn team moeten alles weten over Soul Catchers - alles. Anders zullen ze de complexiteit van de breuk niet begrijpen."

De stem pauzeerde een paar seconden en ging toen verder: "Een zielenvanger vangt zielen op wanneer een menselijk lichaam sterft. Het is een eeuwigdurende rustplaats. Alle mensen en alle wezens hebben schepen om naartoe te gaan. Het ding dat jullie een silo noemden is een zielenvanger. Een rustplaats voor eeuwig."

"Oké," zei E-Z. "Wat heeft dit te maken met het einde van de wereld?"

"Ik wil mijn Zielenvanger zien," zei Rosalie.

"Als jij en je vrienden niets doen, zal niemand een Zielenvanger hebben. Als je lichaam sterft, GA je DOOD. Dat is het. Einde. Jouw ziel en die van alle anderen kunnen nergens heen en als een ziel nergens heen kan, is er geen doel meer. Geen reden meer om te bestaan. En zonder zielen zijn mensen niet meer dan vleespakken."

"Wacht eens even," zei E-Z. "Bedoel je dat de persoon die verantwoordelijk is voor de Soul Catchers. Hoe je ze ook noemt - CEO, President, je snapt de essentie. Wil je zeggen dat ze gecompromitteerd zijn?"

Raphael opende haar mond om te antwoorden, maar E-Z was nog niet uitgesproken.

"Hoe werkt dat hele zielen vangen eigenlijk? Ik ben al een paar keer opgeroepen voor de mijne en ik ben niet eens DOOD. Wil je zeggen dat deze, wat ze ook zijn, me nu naar believen in mijn Zielenvanger kunnen dwingen?" Hij aarzelde, "En wat weet je over Charles Dickens? Hij kwam aan in een gespiegelde container, dus geen Zielenvanger. Hoe kwam zijn ziel van de ene plek naar de andere? Is zijn wederopstanding te danken aan jullie aartsengelen?"

Raphael wachtte om te zien of hij nog meer vragen had.

Dat deed hij.

"En hoe zit het met mijn twee beste vrienden PJ en Arden. Hoe passen zij erbij? Ze liggen allebei in coma. Ik wil ze terugbrengen. Zal jou helpen, hen helpen?"

De stem in de muur donderde als antwoord.

"Niemand runt Soul Catchers. Het is geen bedrijf met winstoogmerk. Als iemand sterft, wordt zijn ziel gevangen en die leeft in de toegewezen Zielenvanger."

"Ik snap het niet," zei E-Z. Toen, "Wacht eens even, heeft iemand of iets de Zielenvangers gekaapt? En als het antwoord ja is, dan heb ik zeker meer informatie nodig over wie ze zijn voordat we ons ermee gaan bemoeien. Als jullie aartsengelen ze niet kunnen verslaan, hoe verwacht je dan van ons?"

De stem in de muur zei tegen Raphael: "Nou, Eriel had het mis toen hij zei dat deze jongen zo dik als een baksteen is. Hij heeft het, in één keer. Goed gedaan, E-Z."

"Uh, bedankt, denk ik," zei hij. "Maar wat heb ik precies goed gedaan?"

De stem ging verder. "Drie godinnen hebben inderdaad de zielenvangers gestolen."

E-Z opende zijn mond om te spreken, maar voor hij kon sprak de stem opnieuw.

"Charles Dickens kwam niet aan in een zielenvanger, zoals je vermoedde. Bloedverwanten hebben krachten over tijd en ruimte. U riep hem op. Hij kwam je helpen."

"Ik heb hem niet opgeroepen!" zei E-Z.

"En toch is hij terug en wist hij je naam en wilde hij je helpen, klopt dat?"

E-Z knikte.

"En op je laatste vraag: ja, het leven van je vrienden is in gevaar door de drie godinnen."

"Godinnen?" herhaalde E-Z. "Zoals in de Griekse mythologie? Zijn die echt? Ik dacht dat al die verhalen fictie waren."

"Ze zijn gebaseerd op historische feiten," zei Raphael.

"We kunnen het niet opnemen tegen een team van mythologische godinnen!" riep E-Z uit. "We zijn kinderen."

"De risico's zijn veel groter als je dat niet doet, want we kunnen niemand anders vragen om ons te helpen. Er is geen Batman, geen Spiderman, geen echte superhelden. De enige helden zijn jullie kinderen, kunnen jullie dat? Willen jullie helpen? We weten hoe, om dit probleem op te lossen hebben we lichamen nodig, mensen op de grond. Mensen met krachten kunnen winnen. Jullie kunnen dit ding verslaan. Deze dingen. Ten eerste kunnen jullie ze zien. Wij niet," zei Raphael.

"Ik weet dat je hulp nodig hebt, maar ik zie niet hoe we de dag kunnen redden - niet tegen machtige godinnen. Ja, we hebben krachten, maar waar moeten we het precies tegen opnemen? Wat wordt er van ons verwacht? Wat zijn de gevaren voor ons? Ik bedoel, jullie zijn al dood - wij niet. Als we helpen - wat zijn dan de risico's?"

Hij aarzelde en toen niemand iets zei ging hij verder.

"Als we het eens zijn, kun je dan mijn oom Sam, zijn vrouw Samantha en de baby's beschermen? Kun je ervoor zorgen dat PJ en Arden niet dood eindigen in Soul Catchers? En wat zit er voor ons in? We zouden tenslotte ons leven riskeren. Je bent geen mens dus je hebt niets te verliezen!"

Rosalie kwam tussenbeide, "E-Z ik zie niet in dat je een keuze hebt. Je hebt gelijk, er zullen risico's zijn en ik ben nog niet dood - maar wel oud - dus het risico voor mij is niet zo groot. Bovendien vind ik het een prettig idee dat als mijn leven eindigt, er een zielenvanger op me wacht."

E-Z knikte. "Dat snap ik. Het idee dat mijn ouders rondzwerven. Alleen. Dakloos. Zielen-vangers-loos. Nou, het maakt me ziek. Het maakt me zo boos dat ik wil spugen. Maar ik moet nog steeds met de anderen praten," herhaalde E-Z terwijl hij zijn benen kruiste. Het voelde zo goed om simpele dingen te kunnen doen, zoals zijn benen kruisen.

Je wordt een echte spraakwaterval, zei Lia in zijn hoofd.

"Uh, bedankt," antwoordde hij.

"Zoals je toen was," zei de stem. "Vierentwintig uur. In de tussentijd blijft Rosalie hier bij ons."

"Als uw gast," benadrukte E-Z.

"Ik red me wel," zei Rosalie. "En ik houd contact door met Lia te kletsen. Lia en ik kletsen graag."

Hij knikte. Met Lia, via Lia. E-Z wist niet zeker wat ze wisten en wat niet - maar hij was niet van plan hen iets te geven wat ze nog niet hadden.

"Tot ziens," zei hij terwijl hij gedag zwaaide.

Toen zat hij weer in zijn rolstoel. Hij stond oog in oog met zijn vrienden. Maar hoe kon hij het hen vertellen? Hoe kon hij het uitleggen?

Uiteindelijk besloot hij dat de beste actie was om alles eruit te flappen. En dat is precies wat hij deed.

HOOFDSTUK DRIEËNTWINTIG

CH-CH-CH- VERANDERINGEN

HOEWEL E-Z'S NIEUWS NIET was wat ze verwacht hadden te horen, hadden zowel Alfred als Lia genoeg te zeggen als reactie.

"Ze durven wel!" riep Alfred uit. "Na wat ze ons hebben aangedaan. Ik bedoel beloftes maken en dan het spelplan veranderen. Ik vertrouw ze voor geen meter."

"Dit is enorm, en het gaat om onze dierbaren die gestorven zijn," zei E-Z.

"Hoezo?" vroeg Sam.

"Ik ken de details niet. Ik weet alleen dat er drie kwade godinnen bij betrokken zijn die alle Zielenvangers willen stelen en controleren."

"Dat is gek!" zei Lia. "Waarom zouden ze die willen hebben? Waarom al die moeite doen? Wat hebben ze eraan?"

"Wacht even," zei E-Z. "Ik zal je alles vertellen wat ze me verteld hebben. Bedenk wel dat ze het ook niet zeker weten.

"Hoe dan ook, hier gaan we. Het zijn mythologische godinnen, die zijn teruggebracht. Hun doel is om de Zielenvangers te controleren - op welke manier dan ook.

"En de manier die ze gekozen hebben om dat te doen, is om mensen te doden. Mensen die niet bedoeld waren om te sterven! En dan stoppen ze ze in zielenvangers die ze hebben gekaapt. Van mensen die ze nodig hebben. Zodat hun zielen nergens heen kunnen."

"Ik snap het nog steeds niet," zei Lia.

"Zie het zo. Lia, jij, Alfred en ik zijn al in onze Zielenvangers geweest. Weinigen mogen erin voordat ze dood zijn. Ik bedoel, wie zou dat willen zijn?"

"Mee eens," zei Alfred.

"Idem," zei Lia.

"Maar wat als ik je nu vertel dat jouw Zielenvanger door iemand anders is gevuld - en dus niet meer van jou is?"

"Mensen kennen niet eens Zielenvangers!" riep Alfred uit. "De meesten denken dat hun zielen naar de hemel gaan (of als ze slecht zijn naar de hete plek.) Als ze het wisten, zouden ze er boos over zijn. Maar dat doen ze niet."

"Ja, je kunt niet iets missen waar je niets vanaf weet," zei Sam. "En je kunt ook niet vechten voor iets waar je niets vanaf weet."

"Ze vertelden me dat de zielen van mijn ouders nu rond zouden kunnen zweven, dakloos. Dat raakte me hard."

"Dat is precies waarom ze het je verteld hebben!" zei Sam. "Het is regelrechte manipulatie."

"Nee, het is emotionele chantage," zei Alfred. "Maar ik snap waarom ze dat zeiden. Als ze me hetzelfde zouden vertellen over mijn familie, zou ik me er ook mee willen bemoeien. Ik wil vechten tegen deze godinnen. Als ik een heethoofd was, zou ik meteen handelen op basis van mijn emoties. Maar we moeten hier logisch blijven. We moeten ons hoofd koel houden."

"Wie zijn die godinnen eigenlijk? Wat weten we over hen?" vroeg Lia.

"En weten we zeker dat de aartsengelen aan de goede kant staan?" vroeg Sam.

"Ze zeiden dat dit zelfs door een fout van hun kant was gebeurd - maar ze vertelden me niet precies hoe het was gebeurd of waarom. En ze waren niet in de stemming om onder druk gezet te worden voor informatie - meer dan ik al uit ze kon krijgen. Bovendien hebben ze Rosalie en onze tijd om een beslissing te nemen raakt op."

"Precies," zei Lia. "En toch, hoe kunnen we beslissen als we niet eens weten wat ons te wachten staat? Ze weten dat we kinderen zijn. Ja, we hebben allemaal unieke krachten - maar zijn die genoeg? Als de aartsengelen deze situatie zelf niet aankunnen... waarom weten ze dan dat wij dat wel kunnen?"

"Dat kan ik niet zeggen. Ik heb ze onder druk gezet om me meer te vertellen. Als de stem in de muur er niet was geweest, hadden ze me niet zoveel verteld als ik te weten ben gekomen."

"Hoe durven ze informatie voor ons achter te houden!" riep Alfred uit.

"Ik heb uitgelegd wat ik weet. Ze zijn met z'n drieën. Het zijn godinnen - mythologische wezens waarvan ik dacht dat ze niet echt waren."

"We kunnen online alles te weten komen wat we moeten weten om ons tegen hen te wapenen," zei Sam. "Maar het zal wel even duren." Hij aarzelde. "Ik denk echter niet dat we veel geluk zullen hebben met het zoeken naar informatie over Zielenvangers."

"Ik heb het al geprobeerd en kon niets vinden."

"Wanneer hoorde je voor het eerst over hen?" vroeg Sam.

"De stem in de muur impliceerde dat ik al eerder over ze verteld was, maar elke keer als ik het me probeer te herinneren is het alsof een muur de informatie blokkeert."

"Wauw! Mij overkomt precies hetzelfde," zei Lia. "Dat is zo raar."

E-Z wierp een blik op de tijd op zijn telefoon. "Nou, ik heb jullie allemaal veel gegeven om over na te denken. We hebben tot de ochtend om een beslissing te nemen... maar ik denk niet dat we een andere keuze hebben dan ermee in te stemmen om hen te helpen. Ik bedoel, als we het niet doen, wie dan wel?"

"Ik dacht hetzelfde," zei Alfred. "Maar ik ben nog steeds niet blij met de manier waarop ze het hebben aangepakt."

"Ik ook niet," zei Lia. "Ik ga naar bed. Welterusten iedereen. Tot morgenochtend." Ze sloot de deur achter zich.

"Heb je iets nodig?" vroeg Sam.

"Nee, het is goed zo. Welterusten oom Sam."

"Welterusten E-Z. Ik moet je zeggen hoe trots ik op je ben en hoe trots je ouders zouden zijn."

"Bedankt."

"En welterusten Alfred," zei Sam terwijl hij de deur opende.

"Welterusten," zei Alfred, waarna hij zich met zijn hoofd onder zijn vleugel nestelde en in slaap viel.

E-Z kon niet slapen en staarde naar het plafond met zijn handen achter zijn hoofd. Hij deed een paar sit-ups en draaide zich toen op zijn zij in de hoop in slaap te vallen. In plaats daarvan zag hij twee lichten, een groen en een geel, naar hem toe zweven.

"Ben je wakker?" vroeg Hadz.

"Nee," zei E-Z met een grijns terwijl hij rechtop ging zitten.

"Het is niet de bedoeling dat we met je praten," zei Reiki, "maar we moeten wel met je praten, dus je moet raden wat we je niet mogen vertellen."

"Raad eens? Serieus? Kun je me een hint geven... je weet wel, het veld voor me verkleinen, al is het maar een beetje?"

De wanna be engelen fluisterden tegen elkaar. Ze leken het niet met elkaar eens te zijn, want Hadz vloog naar de ene kant van de kamer en Reiki naar de andere.

"K, ik ga slapen. Als je erachter bent, kun je het me morgenochtend vertellen."

Hij dommelde in en werd wakker. Hij zat in zijn stoel en vloog door de lucht. Hij maakte zijn veiligheidsgordel vast. "What the?"

"We hebben besloten dat we het veld niet voor je konden beperken. Of je vertellen wat je moet weten. Om een weloverwogen beslissing te nemen... Dat we in plaats daarvan JOU ONTDEKKEN. Dus, volg ons."

Terwijl de wolken voorbijtrokken en de schone maar koele nachtlucht zijn longen vulde, voelde E-Z zich levendiger dan hij zich in tijden had gevoeld. Op een bepaalde manier miste hij het om opgeroepen te worden voor de proeven om mensen in moeilijkheden te helpen en te redden.

Sinds hij niet meer met de Eriel samenwerkte, voelde hij zich niet echt een superheld. Toegegeven, hij had een kat gered die vastzat in een boom. En hij had voorkomen dat een honkbal een waardevol gebrandschilderd kerkraam vernielde.

Maar het grootste deel van zijn dagelijks leven dacht hij aan de toekomst. Plannen om de middelbare school af te maken in de beste positie om een studiebeurs te krijgen. Voor de beste hogeschool of universiteit die hij kon krijgen.

Oom Sam en Samantha maakten plannen voor de nieuwe baby. Ze hielden geheim of de baby een jongen of een meisje was en niemand mocht in de nieuwe kamer van de baby komen. E-Z vond het raar om vijftien jaar oud te zijn en binnenkort oom te worden, maar hij keek er wel naar uit.

En Lia, zij deed het goed op school, ze paste zich aan, ook al was ze in twee sprongen van haar zevende naar haar twaalfde gegaan in een relatief korte tijd. Wat haar verouderde leek te zijn gestopt en nu leek het erop dat ze verliefd was op PJ. Ze was zeker aan het opgroeien en hij glimlachte toen hij eraan dacht hoe bazig ze was geworden. Dat deed hem denken aan Kleine Dorrit de Eenhoorn. Ze hadden haar niet meer gezien sinds de beproevingen. Misschien hadden de aartsengelen haar gestuurd om Lia te helpen toen ze allemaal met elkaar verbonden waren. En dan was er nog de komst van zijn neef Charles Dickens. En PJ en Arden zaten vast in coma's - en niemand wist hoe ze daaruit te halen. Alfred hield zichzelf bezig, rondom het huis. Sinds zijn komst hoefde oom Sam het gras niet meer zo vaak te maaien.

Hij herinnerde zich weer de twee proeven waarin hij overeenkomsten had gevonden. Die met het meisje dat verkleed was als een personage uit een multigame. De andere met de jongen die E-Z moest doden om het leven van zijn familie te redden. Ze waren met elkaar verbonden. Eriel had gelijk. Hij moest alleen nog uitzoeken wat het precies betekende.

"Zijn we er al bijna?" vroeg hij, terwijl hij merkte hoe koud het werd. Ze reden snel, dichter bij Death Valley National Park, in de Mojavewoestijn. Het was december, een van de koudste maanden van het jaar voor de woestijn 's nachts en hij wenste dat hij zijn capuchon had meegenomen. Het was zo donker dat de sterren er een miljoen keer helderder uitzagen. Als ogen aan de hemel met nauwelijks een vingerruimte ertussen, zo leek het.

De engelen in training gaven geen antwoord. Ze daalden een paar meter en vlogen toen op volle snelheid verder.

"Geweldig!" zei hij. "Laat me weten wanneer we gaan landen. Ik wou dat ik een reisagent had die me kon vertellen wat ik te zien krijg."

"Gebruik je telefoon," fluisterden Lia en Alfred. Toen waren ze stil.

Ze vlogen verder, over Badwater Basin, het laagste punt van Noord-Amerika. Het werd zo genoemd omdat het water er slecht is - en dus ondrinkbaar vanwege het teveel aan zouten. Maar sommige dieren en planten gedijen er goed, zoals augurkenkruid, insecten en slakken.

Dieper gingen ze Death Valley in, terwijl E-Z het terrein in zich opnam en probeerde er niet aan te denken hoe dorstig hij was.

"Zijn we er al?" vroeg hij opnieuw toen een zwarte vogel over zijn hoofd vloog en een lading poep liet vallen voordat hij zijn weg vervolgde. "Welkom in Death Valley," zei hij en veegde het weg met de achterkant van zijn mouw. Hij haastte zich om Hadz en Reiki in te halen.

HOOFDSTUK VIERENTWINTIG

DOOD VALLEY

"**S**CHIET OP!" ZEIDEN HADZ en Reiki. "We zijn bijna bij Rhyolite."

Hij ging verder en haalde hen in. "En wat is er precies in Rhyolite?"

"Een beetje achtergrond," zei Hadz. "Tenzij je er al van gehoord hebt?"

E-Z schudde zijn hoofd. Hij had op school geleerd over de Grand Canyon, vooral hoe die was ontstaan.

Hadz vervolgde: "Rhyolite was ooit een bloeiende stad tijdens de goudkoorts in 1904. Het duurde echter niet lang, in 1924 stierf de laatste inwoner en veranderde het in een spookstad."

"Wat betekent het woord Rhyolite?"

Reiki antwoordde: "Het is een zuur vulkanisch gesteente - de lava vorm van graniet. Het werd in 1860 genoemd door de geoloog Ferdinand von Richthofen.

De oorsprong is Grieks, van het woord rhyax dat lavastroom betekent."

"Dus de stad had een grote goudkoorts en ze noemden het naar een vulkanisch gesteente?" Hij aarzelde. "Ik denk dat ik me iets herinner uit de les over vulkanische actie."

"Dat klopt," zei Hadz. "Dateert van twee miljoen jaar geleden."

"Deze les is interessant enzo, maar ik weet nog steeds niet waarom we naar Rhyolite gaan."

Reiki flapte eruit: "Omdat het het hoofdkwartier van de afvalligen is."

"Degenen die strijden om de controle over de Zielenvangers."

"Wie zijn ze precies en hoe kunnen we ze stoppen? Met wij - bedoel ik ons, De Drie. Want Eriel en Raphael houden Rosalie vast en trouwens, de tijd dringt. Ze hebben ons maar vierentwintig uur gegeven om bij hen terug te komen."

"Stil," zei Hadz. "Ze hebben een buitengewoon gehoor en de wind kan onze stemmen fluisterend naar hen terugvoeren. Vanaf nu spreken we alleen nog maar met onze geest."

E-Z vroeg, terwijl hij zijn verstand gebruikte: "Wat gebeurt er als ze weten dat we hier zijn? Ik bedoel, kunnen ze ons dan niet zien?"

"Hadz en ik zijn niet menselijk, dus we zijn buiten hun radar. Jij bent dat echter niet en daarom hebben we je afgeschermd."

"Geweldig! Er zit een onzichtbaar beschermend schild om me heen - dat is handige informatie om te weten."

In de verte kon hij de Zwarte Bergen zien. "Ik wed dat als de zon de hitte in die bergen bakt, je er een ei op kunt bakken." Hij aarzelde, "Hoe zit het met die vogel die op me gepoept heeft? Zouden de slechteriken die gestuurd hebben om ons te zoeken?"

Hadz en Reiki schudden hun hoofd. "We hebben de vogel gezien. Het was een raaf - bekend als drager van berichten uit de hemel."

"Oké, eerlijk is eerlijk. Ik vond het niet op een raaf lijken. Vertel me wat het is dat de zielenvangers heeft gekaapt en wat we moeten doen om ze te verslaan." Hij aarzelde, "En wat dit te maken heeft met de reïncarnatie als jonge jongen, van Charles Dickens." Hij aarzelde weer. "Ook, zal Lia vervoer krijgen? Zal de eenhoorn Little Dorrit terugkeren als/als we akkoord gaan om jullie te helpen?" Dat was een hoop gepraat. Hij had dorst en wenste dat hij een fles water had meegenomen.

POP.

Er verscheen er een. Hij dronk het terug nadat hij tegen niemand "Bedankt" had gezegd.

Reiki vroeg: "Heb je ooit van Erinyen gehoord?"

E-Z schudde zijn hoofd.

"Ook bekend als de Furies," zei Hadz.

"Ik heb geen idee wat beide zijn...maar ik heb een vage herinnering aan iets van een spel misschien?"

"Ze staan gezamenlijk bekend als de Godinnen van de Wraak."

"Vertel me meer. Op wie nemen ze wraak?"

"Waarom, het hele menselijke ras!" bromde Hadz.

"Mijn vrienden en ik hebben het hier eerder over gehad. De meeste mensen weten niets van Zielenvangers. De meesten geloven dat we zielen hebben. Zielen die naar de hemel of de hel gaan - afhankelijk van de keuzes die we in ons leven maken."

"Ja, daar zijn we ons van bewust," zei Hadz.

"Vertel het me dan," vroeg E-Z. "Waar is God in dit alles? God of Jezus, Allah, Boeddha... hoe je hem ook kent. Waar is hij?"

Hadz en Reiki staarden voor zich uit zonder antwoord te geven.

"Oké, ik snap dat je die vraag niet kunt beantwoorden. Beantwoord in plaats daarvan deze vraag. Waarom straffen de godinnen de mensen met iets waarvan ze zich niet eens bewust zijn? Ik snap dat ze slecht zijn, maar het klinkt toch belachelijk."

"De kinderen," zei Hadz.

"Ze straffen de ongestraften. Maar..."

"Ah, ik wachtte op een maar... Ga door."

"De Furies misbruiken hun krachten. Verleggen hun grenzen. Ze hebben het op onschuldigen gemunt. Onschuldige kinderen die een spelletje spelen."

"Wacht, bedoel je dat kinderen die spelletjes spelen gestraft worden voor dingen die ze in het spel doen?

Maar het spel is niet echt! Hoe kunnen ze in het echte leven gestraft worden voor iets dat niet echt is?"

"Dat weet ik en dat weet jij, maar voor de Furies is het allemaal hetzelfde. Als je iemand wilt vermoorden, doorloop je hetzelfde denkproces als een moordenaar zou doen. Het houdt in dat je het plant, van plan bent om te doden en het dan ook uitvoert. In sommige gevallen gaat het om massamoorden. En ja, het is onschuldig en ze worden gevraagd die dingen te doen om verder te komen in het spel. Voor The Furies zijn de kinderen de ongestraften en zijn ze eerlijk spel als ze zich in het spel bevinden."

"Wacht even!" riep E-Z uit. "Wat zeg je hier precies? Ik denk dat ik de kern snap, hoe de Zielenvangers erin passen, maar het idee is zo kwaadaardig... ik wil het niet eens denken, laat staan zeggen."

"De Furiën nemen wraak op de spelers van het spel. Zij die in hun hart gezondigd hebben," zei Reiki. "Het is niet de bedoeling dat ze sterven! Hun Zielenvangers zijn niet klaar om hun zielen te accepteren en dus..."

"Ze kunnen nergens heen," zei Hadz.

"En de Furies verzamelen ze hier, door hun eigen stam van Zielen te creëren. Ze slaan de zielen van de kinderen op in gestolen zielenvangers."

"Dit creëert chaos," zei Hadz.

"Dus jullie moeten helpen."

"Wacht even!" zei E-Z. "Wacht eens even!"

HOOFDSTUK VIJFENTWINTIG

VIER OGEN

"OH, OH," SCHREEUWDE HADZ, toen een donkere wolk zich snel door de lucht bewoog en hun kant op kwam.

"Ze kunnen het beschermende schild niet doorbroken hebben!" riep Reiki uit.

E-Z wierp een blik over zijn schouder. Wat hij zag was een zwart iets dat geen wolk was. Want het was slangachtig. Met een gevorkte tong likte het aan de lucht. In plaats van twee ogen had het vele ogen. Teveel om te tellen. Elk met bloed dat naar beneden droop. Bloed en dampende gele etter.

De tong van het ding bewoog van rechts naar links. Het maakte een zwiepend geluid, terwijl zijn kaken open en dicht klapten. En uit zijn keel kwam een knarsend geluid, dat afwisselend een gil en een gezoem was.

Met de wind in de rug vulde een uiterst smerige stank de lucht en bereikte al snel de neusgaten van E-Z, Hadz en Reiki.

De geur was heel smerig. Erger dan zwavel. Of rotte eieren. Walgelijker dan septische vloeistof en rottende lijken bij elkaar.

Het trio ging hogerop, zodat ze langs een richel konden kijken die ze nog niet eerder hadden opgemerkt. Daarachter stonden zilveren containers. Zielenvangers. Zover het oog reikte.

"Zoveel! Zijn die allemaal gevuld met kinderen? Oh nee!" zei E-Z met een nasale toon, aangezien hij zijn neus nog steeds aan het dichtknijpen was. Hoewel hij de stank nog steeds kon ruiken.

PTOOEY.

Ze ontweken een nevel van gele pus.

"Wat is dat?" riep E-Z uit.

Onderaan was een reusachtige oogbal te zien. Het was gesloten. Vermomd.

PTOOEY. PTOOEY. PTOOEY.

"Oh nee!" riep E-Z uit. "Oog snotjes!"

Het schoot op hen af en vuurde zijn hete, kleverige vloeistof af.

"Hou je vast!" riepen Hadz en Reiki.

Elk van hen greep een van de oren van E-Z vast.

"Ahhhhh!" riep hij.

PTOOEY.

E-Z ontweek dat snotje, maar het raakte bijna zijn rolstoel.

FIZZLE.

POP.

POP.

E-Z lag weer in zijn bed. Druppels zweet dropen langs zijn voorhoofd.

Ondertussen ging Alfred door met snurken aan het eind van het bed.

"Dat was een beetje te dichtbij!" zei E-Z. "Zijn ze door het beschermende schild gekomen? Hebben ze ons gezien? Weten ze wie ik ben, waar ik woon?"

"Nee, we waren al weg voordat ze erdoor konden," zei Reiki.

"Misschien is dit een domme vraag, maar waarom heb je ons niet gewoon naar binnen en naar buiten gestuurd. In plaats van de tijd te nemen om helemaal daarheen te vliegen - en onze levens in gevaar te brengen?"

"We moesten het je laten zien."

"Voor de strijd... Hoe noemen ze dat..."

"Bedoel je verkennen?" vroeg E-Z.

"Ja, dat klopt. We moesten het je laten zien. Je moest het zien, met je eigen ogen. Alles. Waar je tegenaan loopt," zei Hadz.

"We dachten dat wat je zou leren, het risico waard zou zijn."

"Ik denk dat de tijd het zal leren," zei E-Z.

"Sorry, als we te ver zijn gegaan," zei Hadz.

"We hadden echt het beste met je voor."

"Dat weet ik. En ik ben blij dat ik de Zielenvangers heb gezien. Hoeveel het er waren - daar schrok ik echt van."

"Ja, wij schrokken er ook van. En je kunt er zeker van zijn dat het de aartsengelen ook schokte. Toen ze het voor het eerst zagen."

"Dat had je niet moeten zeggen" zei Reiki.

POP.

Hadz verdween.

"Oh, nu is het goed," zei E-Z.

"Laat maar."

"Ik begrijp nog steeds niet wat de Furies hiermee willen bereiken? Wat is hun eindspel? Is iemand daar al achter?"

"Elke dag komen er meer bij. Meer kinderen die spelletjes spelen, die in hun web worden gezogen."

"Maar waarom is er geen publieke verontwaardiging? Moeten we dit niet aan wereldleiders, presidenten en premiers vertellen? Is er niets dat ze kunnen doen?"

"Denk er eens over na, wat is het eerste wat ze zouden doen? Ze zouden het leger sturen. Meer mensen zouden sterven. Meer Zielenvangers die voor hun tijd nodig waren.

"Van wat we hebben gezien is gamen een wereldwijd fenomeen. De kwaadaardige zusters nemen de zielen van nietsvermoedende kinderen."

"Maar de meeste leiders hebben hun eigen kinderen," zei E-Z. "Als ze het zouden weten, zouden ze hun kinderen willen beschermen en zouden ze ook andere kinderen willen beschermen."

"Het lijkt er meer op dat de Furies zich op hun kinderen zouden richten. Het zou zijn alsof er een stok voor hun neus bungelt," zei Reiki.

POP.

Hadz was terug.

"Ze zouden het geweldig vinden als ze de grote en machtige kinderen konden vernietigen. Wat ze nu lijken te doen is willekeurig - gekozen binnen het spel" zei Reiki.

"Vertel me meer over wat je over hen weet." vroeg E-Z.

Hadz fluisterde, "Ze heten Allie, Meg en Tisi. Allie's wraak is voor woede, Meg's wraak is voor jaloezie en Tisi staat bekend als de wreker."

"Oké, dus, waarom ruiken ze zo slecht? En hoe kunnen ze met z'n drieën verslagen worden?" vroeg E-Z terwijl hij op zijn horloge keek. Hij moest met de rest van de bende praten om Rosalie terug te krijgen. Hoe ging hij hen vertellen over dit verschrikkelijke trio en al die kinderen in die Soul Catchers?

"Volgens de legende werden ze vroeger gestraft omdat ze hun werk deden. Nu hebben ze een achterpoortje gevonden met Virtual Reality, een nieuwe uitvinding van de mens." Hadz aarzelde. "Waarom willen mensen hun leven nooit in het nu leven? Waarom moeten ze ontsnappen en stomme spelletjes spelen die hun leven in gevaar brengen?"

De wannabe engel was rood aangelopen en extreem boos."

Reiki probeerde zijn vriend te troosten door te zeggen: "Ze weten niet wat ze doen."

"Onwetendheid is geen excuus," zei E-Z. "We moeten ze terugsturen naar waar ze ook waren voordat VR werd uitgevonden. En we moeten ze de zielen teruggeven van de kinderen die ze onder valse voorwendselen hebben meegenomen. Alleen, HOE moeten we ze ervan overtuigen dat ze verkeerd bezig zijn? Dat ze levens stelen en mensen straffen voor gedachten, niet voor daden?

"Nu ik een glimp van de Furies heb opgevangen, weet ik dat we je meer dan ooit moeten helpen. Maar ik moet de anderen nog overtuigen. Zelfs als ze akkoord gaan, vechten we nog steeds tegen de verwachtingen in. Ik wil positief zijn. Zeggen dat we de taak aankunnen. Maar we zullen het niet zeker weten, tot de tijd komt om te vechten."

Hij sloeg op zijn kussen en hield het op zijn schoot. "Wacht even, zijn ze dood? Ik bedoel, zijn de Furies ontsnapt aan hun eigen Zielenvangers? En zo ja, hoe? Wie heeft ze eruit geholpen?"

Hadz keek naar Reiki en Reiki keek en Hadz.

POP.

POP.

Ze waren weg.

"Geweldig!" zei E-Z. "Gewoon fantastisch!"

HOOFDSTUK ZESENTWINTIG

BALANS

H OEWEL HIJ PROBEERDE TE slapen, lukte het E-Z niet. Hij bleef maar denken en zichzelf vragen stellen. Vragen die hij niet kon beantwoorden.

Dus stapte hij uit bed, klikte op zijn computer en ging op onderzoek uit.

Het duurde niet lang voordat hij goud vond. Toen hij een link vond tussen de Furies en de Drie Gratiën. Ze leken als het yin en yang van elkaar. Een goed en een kwaad. Hij vroeg zich af of ze deze informatie in hun voordeel konden gebruiken. Als kwade godinnen naar de aarde konden worden gebracht, konden goede godinnen dan ook worden teruggeroepen?

Ten eerste, voordat hij de aartsengelen voorstelde hen terug te brengen - als ze het tenminste konden. Hij wilde precies weten wat de Gratiën zouden inbrengen.

Ja, het waren godinnen. De dochters van Zeus, de god van de hemel. Hun krachten waren gericht op charme, schoonheid en creativiteit. Hij las verder, maar zag niet hoe ze veel hulp zouden kunnen bieden tegen de Furies.

Hij las een tekst die aan Nietzsche werd toegeschreven. Zijn theorieën over goed en kwaad werden nog steeds besproken en bediscussieerd op forums.

Toen schoot er een herinnering zijn hoofd binnen. Het gebeurde steeds minder, herinneringen die terugkwamen over zijn ouders. Hij hoopte dat ze nooit zouden ophouden.

Dit was een gesprek met zijn vader. Over de derde wet van Newton. Ze waren met een boot gaan vissen.

"Het is de manier waarop een vis zich door het water voortbeweegt," legde zijn vader uit.

Sindsdien had hij er op school meer over geleerd. Hij dacht dat Newton en Nietzsche best interessante gesprekken zouden hebben gehad. Maar hun levens lagen duizenden jaren uit elkaar.

Toen drong het tot hem door. Hij, Lia en Alfred waren het tegenovergestelde van de Furies.

Wisten de aartsengelen dit al? Leken ze er daarom zo op te staan dat alleen hij en zijn team de Furies konden verslaan?

De vraag die door zijn hoofd bleef spoken was echter - konden ze winnen?

Was het wel mogelijk om de Furies te stoppen?

Hij moest het met de anderen bespreken.

Hij zette zijn computer uit en ging terug om een paar uurtjes te slapen voordat de ander wakker werd.

Iedereen verwachtte dat hij alle antwoorden had. Hij had ze niet, maar hij deed zijn best. Sinds hij leider was, was het leven zo.

HOOFDSTUK ZEVENENTWINTIG

RODE KAMER

E-Z WAS IN EEN rode kamer. Een kamer die naar bloed rook. De sterke ijzergeur deed pijn aan zijn neus en hij bedekte hem met zijn hand, waarna hij een paar stappen vooruit liep. Zijn voetstappen lieten sporen achter op de bloederige vloer. Waar was hij? In de hel? Hij had tenminste de mogelijkheid om hierheen te rennen, maar waarheen? Er waren geen deuren. Geen ramen. Geen enkel licht en toch kon hij zien dat alles rood was. En nat.

Hij pakte zijn telefoon en klikte op de zaklamp-app. Met de straal van de zaklamp volgde hij de muren om hem heen. Ze waren allemaal hetzelfde. Bloederig en druipend. En stinkend. Hij wachtte. Om hulp roepen leek hem niet slim. Misschien was hij beter af als datgene wat hem hierheen bracht hem niet kwam opzoeken. Hij kwam ze liever niet tegen. De lichtstraal van de zaklamp ging uit en zijn telefoon viel uit. Bang om te bewegen, bleef hij staan en luisterde.

Een kruipend iets. Glijdend, over de vloer. Een komt langs de muur naar rechts en een andere naar links. Drie. Slangen.

Toen verschoof de lucht in de kamer en hing er een bekende geur. Rot. Eierig. Zwavelachtig. Rottende karkassen.

Hij bedekte zijn neus. Net als eerder maskeerde dat de weerzinwekkende stank niet.

Hij wachtte.

Dus wilden ze hem alleen. Ze hadden hem. Hij zou ervoor zorgen dat ze er spijt van kregen als dit het laatste was wat hij ooit deed.

"We kunnen je wel opeten als ontbijt," schreeuwde Tisi.

"Of lunch," zei Alli. "Ik ben tenslotte een beetje hongerig."

"Of afternoon tea, er is niet veel van hem. Niet voor ons drieën om te delen," zei Meg.

E-Z concentreerde elke vezel van zijn wezen op zijn vleugels. Ze waren zijn enige hoop op ontsnapping en ze waren nutteloos.

"Kijk!" gilde Meg. "Hij probeert zijn kleine vleugeltjes te gebruiken."

Tisi en Alli tilden zichzelf op. Meg voegde zich bij hen toen ze net buiten zijn bereik zweefden.

Onder zijn voeten trilde en rommelde de vloer. Alsof hij open zou gaan en hem zou opslokken. Hij ging achteruit om zich tegen de muur te zetten. Maar toen hij de muur aanraakte, voelde zijn shirt nat aan. En toen hij zijn hand erop legde, zat er bloed op.

"Ik ben niet bang, van jullie drie teven!" schreeuwde hij.

"Misschien ben je niet bang voor ons - nog niet -" gilde Meg.

"Maar dat zul je heel snel zijn," siste Tisi.

"Voorlopig kun je je met deze drie bezighouden," fluisterde Meg, haar vieze adem deed hem bijna overgeven.

De drie slangen gebruikten de hefboom van de hoogte en sprongen op hem af. Hun gevorkte tongen sisten en spuwden. Toen begonnen ze zich om elkaar heen te wikkelen. Verbonden, verstrengeld. Tot ze één reusachtige slang werden, met drie koppen en drie zwepen. Zwepen die in E-Z's richting knipten om hem op zijn plaats te houden.

Hij duwde zichzelf verder naar achteren. Het horen van het sissende bloed achter hem gaf hem op de een of andere manier troost. Zijn lichaam ontspande zich terwijl hij met zijn rug in de hoek tegen de bebloede, druipende muur zakte.

"Kijk naar hem," zei Tisi. "Hij is nog maar een jongen en hij heeft niemand kwaad gedaan. In feite is hij zo'n goodie goodie, dat het jammer is dat we hem moeten vernietigen."

"Ja, zijn hart is zuiver," zei Meg. "Maar hij heeft een zwarte vlek op zijn hart. Een vlek van wraak die hij zou willen nemen tegen degenen die verantwoordelijk waren voor de dood van zijn ouders."

"Praat niet over mijn ouders!" schreeuwde E-Z, terwijl hij zich verder tegen de bebloede muur duwde. Hij was bang. Bang dat wat ze zeiden waar was. Hij sloot zijn ogen. Als hij ze niet kon zien, zouden ze misschien weggaan. Toen begaf er iets achter hem het. En hij viel in vrije val, achterover. Tuimelend. Vallend.

THUMP

Hij landde in zijn rolstoel en weg waren ze.

Terug in de Rode Kamer waren de Furies woedend!

"Ga achter hem aan!" riep Tisi.

"Pak hem!" riep Meg.

"Het is te laat!" zei Alli. "Het is alsof hij verdwenen is!"

"Laten we teruggaan naar Death Valley," zei Meg. Ze vertrokken en lieten de Rode Kamer leeg achter. Maar hun stank bleef hangen.

THUMP.

"Je bloedt," zei Sam. "Laten we hem naar de badkamer brengen. Dan kunnen we zien hoe erg hij gewond is." Sam duwde de rolstoel naar de deur.

"Nee, stop!" zei E-Z. "Ik ben oké. Het bloed is niet van mij. Maar ik moet me opfrissen. Om de stank van me af te spoelen. Daarna zal ik uitleggen wat er is gebeurd. Dat beloof ik."

"Als je maar zeker weet dat je in orde bent," zei Sam.

Nadat hij was vertrokken, konden Sam, Lia en Alfred niets bedenken om tegen elkaar te zeggen. Ze wachtten in stilte op zijn terugkeer.

In de badkamer zette E-Z zijn rolstoel op de oprit. Toen ze het huis verbouwden, bedacht Uncle Sam een nieuwe douche voor hem. Het gaf hem meer onafhankelijkheid. En het was leuk! Net als een autowasstraat.

Hij reikte omhoog en stak zijn armen en nek door de riemen. Hij drukte op een knop zodat hij vooruit zou gaan en zijn stoel zou volgen. Meteen begon het water te stromen. Het reinigde zijn lichaam en zijn kleren tegelijkertijd. Af en toe spoot er douchegel of shampoo uit, gevolgd door water om het weg te spoelen.

Nu hij schoon was, liep hij verder naar voren en zette het droogmechanisme in werking. Het droogde hem en zijn kleren en maakte ze binnen enkele minuten kreukvrij.

Toen hij het einde bereikte, maakte hij zich los van de riemen en liet zich in zijn stoel zakken. Hij bekeek zichzelf in de spiegel. Zijn haar zag er al zo goed uit dat hij het niet eens hoefde te kammen. Hij liep terug naar zijn kamer. Toen hij zijn vrienden zag, schokte zijn maag en moest hij overgeven.

"Het spijt me," zei hij. "Het spijt me zo."

Lia en Alfred sloegen hun armen om hem heen. Ze maakten zich geen zorgen over het braaksel.

Toegewijde vrienden maken zich over dat soort dingen geen zorgen.

Sam ging een kom en wat water halen om zijn neefje schoon te maken.

E-Z was dankbaar voor de hulp en het gaf hem de tijd om na te denken over wat hij ging zeggen en hoe hij het ging zeggen.

"Bedankt, Uncle Sam. Wat ik je moet vertellen. Het is niet mooi."

"Ga door," zei Alfred.

"We zijn hier voor jou," zei Lia.

"Ga zitten, oom Sam."

Ze somden alles op zonder een woord te zeggen.

"Ik doe mee," zei Alfred.

"Ik ook," zei Lia.

"Ik drie," zei Sam.

"Akkoord," zei E-Z. En een seconde later was hij op weg terug naar de witte kamer. Of daar hoopte hij heen te gaan.

Overal was beter dan de rode kamer. Maakt niet uit waar.

HOOFDSTUK ACHTENTWINTIG

DE WITTE KAMER

D E WITTE KAMER LEEK op de een of andere manier anders toen zijn voeten de grond raakten.

E-Z voelde zich zo gelukkig om terug te zijn in het comfort van de witte kamer. Waar hij rond kon lopen. De boeken aanraken. De boeken ruiken. Maar iets voelde vreemd. Uit.

Hij kalmeerde zichzelf. Hij merkte dat zijn handen trilden. Zijn knieën trilden. Nu klapperden zijn tanden.

Hij sloeg zijn armen om zich heen en wenste dat hij zijn jas had meegenomen. Hij wachtte, verwachtend dat er een zou komen. Die kwam niet.

"Wat is dit voor een plek?" vroeg hij.

Geen antwoord.

"Cheeseburger, met friet," zei hij.

Niets.

"Chop suey, met loempia," zei hij met meer autoriteit.

"Ik wil weten waar ik ben!" riep hij.

Niets.

Nadda.

"Rosalie?" riep hij. "Ben je daar? Eriel? Raphael? Iemand? Hadz? Reiki?"

Weer niets.

Niet eens een beleefde PFFT om hem te laten ontspannen.

De vertrouwdheid van de boeken waren de enige ankers die hem op deze plek hielden. Hij liep naar de ladder, schoof hem onder de Ds. In de verwachting Charles Dickens te vinden begon hij te klimmen. In plaats daarvan ontdekte hij dat elk boek dat hij aanraakte gerelateerd was aan de gamewereld.

Wat de?

En geen van de boeken had vleugels. Ze waren allemaal gloednieuw. Alsof niemand ze ooit geopend had.

Hij viel bijna van de ladder toen een stem zei,

"E-Z Dickens - dit is niet de witte kamer die je kent. Het is een replica. Je bent hierheen gestuurd om onderzoek te doen. Elk boek dat je nodig hebt is binnen handbereik. Elk boek moet volledig worden gelezen en beoordeeld."

"Ik kan al deze boeken niet snel lezen; het zou me jaren kosten om door al deze boeken heen te komen!"

"Daarom zul je een extra kracht krijgen. Een kracht die alleen tot bloei zal komen binnen de muren van deze kamer. Lees nu. Snel. Woedend. Onthoud alles."

Toen die stem ophield, begon een andere,

"Tien, negen, acht, zeven, zes, vijf, vier, drie, twee, één. Lees nu E-Z Dickens. Schiet op."

E-Z ging door elk boek heen.

Toen hij er een op had, viel er meteen een andere in zijn handen. Toen nog een, en nog een.

Hij las ze allemaal, totdat hij niet meer kon lezen.

Hij hoopte dat zijn hoofd niet zou ontploffen!

Toen viel hij tegen de muur, duwde zichzelf in een hoek en huilde terwijl zich een plan in zijn hoofd vormde.

Het idee kwam bij hem op toen hij aan PJ en Arden dacht. Waarom hadden de Furies hen in een coma gebracht in plaats van in een zielenvanger? Ze zaten in het spel - ze speelden de hele tijd spelletjes, waarom hen niet doden?

Het plan ging als volgt: Hij en zijn team zouden hun eigen spel voor meerdere spelers uitvinden. Sam zou mensen kennen die hem konden helpen in de industrie. Als The Furies binnenvielen om hun zielen op te eisen, zouden ze hen uitschakelen.

Hij wenste dat Arden en PJ er waren om met hem te spelen - want zij zouden hem rugdekking geven. Dat was goed, hij dekte hen. Hij zou ze redden en bevrijden.

Hij liep heen en weer en dacht na. Eén aspect zou niet werken. Als hij hem in een spel zou betrekken en zou weigeren te doden, zouden ze hem doorhebben. En het zou anderen in gevaar kunnen brengen.

Het is niet zo dat hij tegen alle spelers in de wereld kon zeggen dat ze moesten stoppen met spelen. Als hij ze de waarheid zou vertellen over de drie godinnen die hun zielen proberen te stelen, zouden ze hem opsluiten.

Toch was het het enige idee. Het enige duidelijke pad dat hij zag om de Furies in hun eigen spel te verslaan.

Zich erbij neerleggend dat hij niets beters kon bedenken, zei hij: "Haal me hieruit."

En zomaar was hij alleen in de echte witte kamer met Rosalie en Raphael. Hij vroeg zich af waar Eriel was, niet dat hij hem miste.

"Oké, ik heb een idee. Een soort plan," zei hij. "Maar ik weet niet zeker of het zal werken. Ik heb antwoorden nodig op twee vragen. En ik heb een verzoek voor een derde - het verzoek is niet onderhandelbaar."

"Vraag maar raak," zei Raphael.

"Ten eerste, zal ik mijn beste vrienden PJ en Arden kunnen redden als we tegenover de Furies komen te staan?"

Raphael aarzelde voordat hij sprak. "Als je slaagt, is er geen reden waarom je vrienden niet gered kunnen worden."

"Op je hart?" zei hij.

Dat deed ze.

"Zoals ik al vermoedde, is hun toestand te wijten aan de Furies. Klopt dat?"

"Ja, we geloven dat het waar is. Je vrienden hebben in zekere zin geluk omdat hun zielen intact zijn gebleven. Wat we niet kunnen achterhalen is waarom, dat is als ze het doelwit van de Furies waren. In alle andere gevallen die we kennen, hebben ze de zielen van kinderen genomen. We kennen geen anderen zoals jullie vrienden die in een comateuze toestand in leven zijn gebleven."

"Daar heb ik ook een idee over, maar wat ik moet weten is, als de Furies verslagen zijn, wat gebeurt er dan met PJ en Arden? Wat gebeurt er met alle kinderen wiens zielen al in zielenvangers zitten? Het was niet de bedoeling dat ze zouden sterven. En wat gebeurt er met de dakloze zielen?"

"Op dit moment gebruiken de Furies de kracht van het internet. Het geeft ze toegang tot de harten en huizen van iedereen op deze planeet. Het is alsof jullie allemaal je deuren en ramen open hebben staan, zodat iedereen binnen kan komen. Het is waar dat er maar drie van de Furies zijn, maar hun krachten zijn groot. Het zijn mythische wezens, godinnen waarvan de oorsprong teruggaat tot Zeus. Je hebt toch wel van Zeus gehoord?"

"Ik las dat hij de god van de hemel was en de vader van de Drie Gratiën. Zouden zij ons kunnen helpen als je ze terugbrengt?"

"Zeus is hier niet bij betrokken. Zijn dochters ook niet. Wij aartsengelen spelen niet met tijd. En we hebben altijd geloofd dat Zielenvangers heilig waren. Onaantastbaar. Tot nu."

"Geweldig, dus je denkt dat mijn vrienden het doelwit zijn van de Furies, maar je bent er niet echt zeker van. Niet meer dan ik, toch?"

"Correct. Dat komt omdat ik niet honderd procent ja of nee kan zeggen. Als je vrienden spelletjes zouden spelen. Ik bedoel doden binnen de spellen... Dan zouden ze voldoen aan de criteria van de Furies.

"Maar als ze hen dood wilden, zouden ze al dood zijn. Tenzij... nee, dat zou niet logisch zijn. Het zou betekenen dat ze van jou en je team afweten. Dat kunnen ze niet weten. We hebben het geheim gehouden. Als ze het zouden weten, dan zouden ze je vrienden in leven houden voor het geval dat ze druk nodig hebben."

"Bedoel je als onderhandelingstroef?"

"Mogelijk, om eerlijk te zijn weet ik het niet. Zoals ik al zei, we hebben alles over jou en je team geheim gehouden. Wij, inclusief ikzelf en de andere Aartsengelen, zouden alles doen om je te beschermen.

"De Furies hebben door de eeuwen heen krachten gekregen. Maar ze hebben het nooit op onschuldige kinderen gemunt. Ze hebben nooit hun agenda verdraaid voor hun eigen doeleinden."

"Wat zijn hun doelen?" vroeg E-Z.

"Dat weten we niet."

E-Z zei: "Daarom moeten we de beste kans hebben, om tegen hen te winnen."

"Precies, maar elke dag stelen ze meer kinderzielen en ze versnellen het proces."

"Sneller, met hoeveel?" vroeg E-Z.

"Met duizenden, denken we, maar binnenkort zullen het er miljoenen zijn. Binnenkort zal het te laat zijn om ze te stoppen."

"Oké, ik begrijp wat er hier op het spel staat, maar we zijn nog maar kinderen en we willen niet blindelings naar binnen. Wij zijn sterfelijk en zij ook. We moeten nadenken, alle opties overwegen voordat we ons leven riskeren."

"We begrijpen het en zoals ik al zei, we steunen jullie."

"Nu mijn volgende vraag, ik wil weten wat ik moet doen met een tien jaar oude Charles Dickens?"

"Oh dat," zei Raphael. "Ten eerste hadden wij niets te maken met zijn reïncarnatie. We hebben een theorie, naast de theorie die we jullie hebben verteld, namelijk dat jullie hem hebben opgeroepen. We vragen ons af of zijn terugkeer een vergissing van hun kant was. Misschien heeft het universum zich geopend en hem gestuurd om jullie te helpen, als een evenwicht. Hij is tenslotte bloedverwant. En hij is een verhalenverteller en een plotmeester. Misschien heeft hij hulpmiddelen en inzichten die je nog niet kent om je te helpen de Furies te verslaan."

E-Z koos zijn woorden zorgvuldig. "Maar hij is een kind. Hij heeft nog niets geschreven. Hij zal een afleiding zijn en hij komt uit een andere tijd en kan ons en onze missie in gevaar brengen."

"Dat hangt ervan af," zei Raphael. "Hij kan een geheim wapen zijn. Hij is hier, voor jou. Als je in hem gelooft. Dat hij geboren is om schrijver te worden. Dan heeft hij op zijn tiende al alle vaardigheden die nodig zijn. Gebruik hem in je voordeel als je daarvoor kiest."

E-Z balde zijn vuisten. "Bedoel je dat we mijn neef als lokaas moeten gebruiken?"

Raphael lachte en fladderde rond, waardoor er een onnodig briesje opstak.

"Het zou helpen als je niet zo flappert," zei Rosalie. "Ik zit onder de truien, maar toch krijg ik het hier niet warm. Ik wil nu trouwens graag naar huis. E-Z en de anderen hebben ingestemd, dus ik heb mijn steentje bijgedragen. Nu, tot ziens, tot ziens. Laat me naar huis gaan."

BINGO.

Rosalie verdween en belandde weer in haar kamer. In gedachten sprak ze met Lia en vertelde haar dat ze ongedeerd was teruggekeerd en nu een dutje ging doen.

E-Z dacht aan een andere niet-onderhandelbare vereiste.

"Ik wil Hadz en Reiki bij me, in ons team."

Raphael glimlachte. "Hadz en Reiki zijn door onze leider Michael aan Eriel gebonden."

"Laat mij dan met hem praten. Die twee hebben ons geholpen. Ze komen als ik roep. Als we tegen het oude kwaad gaan vechten, hebben we die twee aan onze zijde nodig om ons te helpen."

"Michael kan niet met je spreken. Maar ik zal uw verzoek voorleggen. Als hij het nodig acht, zal hij het mij laten weten en ik op mijn beurt zal het jou laten weten. Is er nog iets anders?"

"Ja. Ik moet weten hoe we van de Furies afkomen. Moeten we ze doden? Om ze terug te sturen naar waar ze vandaan kwamen? Wat wil je precies dat we met deze godinnen doen?"

"Bind ze, hou ze vast - en wij doen de rest. Als je plan werkt, kunnen we de controle over de Zielenvangers overnemen. We zetten alles terug zoals het was."

"Hoe zit het met degenen die voortijdig stierven?"

"Alles zal gelijk worden... zodra de vijanden zijn geneutraliseerd."

"Voordat je me terugstuurt," zei E-Z, "heb ik iets nodig, een verzekering dat je ons niet opnieuw zult dwarszitten. Hadz en Reiki aan ons geven zou die verzekering moeten zijn, maar omdat je me dat niet kunt geven, heb ik iets anders nodig. Iets dat ik mee terug kan nemen naar de anderen en zeggen: dit is het bewijs dat ze ons niet zullen bedriegen zoals ze in het verleden hebben gedaan."

"Zoals wat?"

"Je bril moet volstaan," zei hij.

Raphaël zakte op haar knieën, haar vleugels hielden op met flapperen en deinsden terug. "Niet dat, alles behalve dat," riep ze. "Zonder mijn bril ben ik geen hulp voor jou en voor niemand."

"De aartsengelen hebben Rosalie hier tegen haar wil vastgehouden. Haar gebruikt om bij mij te komen. Je bent van gedachten veranderd over gedane beloften, hebt mijn rechtszaken geannuleerd..."

Ze raakte de rand van haar bril aan en deed hem toen af. In haar handen veranderde de bril in een slang. In haar handen veranderde de bril in een slang, een rode slang die op E-Z's arm kroop en omhoog, omhoog, omhoog glibberde.

"What the!" riep E-Z, toen de slang verder zijn nek in ging. Over de rand van zijn kin. Het gleed over zijn strak gesloten lippen. Omhoog en over zijn neus. Toen halveerde hij zichzelf en wikkelde een uiteinde rond elk van zijn oren. Daarna keerde hij terug naar zijn oorspronkelijke pulserende bril.

"Mijn bril is nu van jou, wat je ook doet - laat de Furies hem niet van je afnemen. Als dat gebeurt, worden we allemaal vernietigd."

"Wacht!" zei de stem uit de muur. "Wat als jullie falen? Jullie zijn tenslotte nog maar kinderen."

"Ik kan geen succes beloven - maar we zullen alles geven wat we hebben. Maar het zou goed zijn om te weten, als we jullie hulp nodig hebben, dat jullie je krachten zullen gebruiken om ons te helpen."

"Deal," bulderde de stem.

E-Z zat weer in zijn rolstoel in zijn kamer met de rode bril pulserend op zijn gezicht.

"Daar moet je mee ophouden," zei oom Sam, die het bed van zijn neefje aan het opmaken was. "Voor ik het vergeet, Sam en ik zijn vandaag bij PJ en Arden op bezoek geweest tijdens een controle in het ziekenhuis. We kwamen PJ's vader tegen; hij gaf ons een update. Ze delen nu een ziekenhuiskamer, maar de toestand van geen van beiden is veranderd."

"Bedankt, ik was van plan ze te bellen. Goed, iedereen verzamelen."

HOOFDSTUK NEGENENTWINTI

WAT TE DOEN?

"**M**OET IK BLIJVEN?" SAM pauzeerde. "Want mijn vrouw wacht op me om haar voeten te masseren. De baby kan elk moment geboren worden, dus haar laten wachten is geen optie."

"Uh, ga je gang en zorg voor haar," zei E-Z. "Ik vertel je later meer over de details."

Lia gaf Sam een knuffel.

"Bedankt," zei Sam terwijl hij de deur achter zich dichttrok.

De voordeurbel klonk.

"Ik heb het!" riep Sam terwijl hij naar de voordeur rende.

"Hij heeft veel op zijn bord," zei E-Z.

"Het zal makkelijker zijn als de baby komt," zei Lia.

"Het zal chaotischer worden," zei Alfred. "Maar laten we ons daar nu geen zorgen over maken."

"En, wat is het laatste nieuws?" vroeg Lia.

"Begin met positieve dingen, als die er zijn. Ik hoop het van harte," zei Alfred.

"Het goede nieuws is dat ik een idee heb. Het slechte nieuws is dat ik geen idee heb of het tegen onze vijanden zal werken. Ze staan bekend als de Furies. Heeft iemand van jullie van hen gehoord? Ik ken de naam uit de mythologie en ze komen in sommige spellen voor."

Lia schudde haar hoofd nee.

Alfred zei: "Ik heb van ze gehoord, maar dat is lang geleden. Ik denk dat we over ze gelezen hebben op de middelbare school, vroeger. Ik herinner me dat ze slecht waren - drie misschien? En zijn het geen godinnen? Ik zie Medusa voor me. Waren ze familie van elkaar?"

"Ze zijn erger. Veel erger omdat ze met z'n drieën zijn," zei E-Z. "Toen ik moest overgeven, nou, dat was direct na mijn tweede ontmoeting met hen. Bij de eerste ontmoeting was het op reis met Hadz en Reiki. Wat ze een kleine verkenning noemden. En maak je geen zorgen, we waren verhuld, maar ik heb veel geleerd. Ze hebben hun hoofdkwartier in Death Valley.

"Zoals we al vermoedden, richten ze zich op kinderen. In de gamewereld. Lia, je vroeg wat hun doel was... Het is om kinderen over de rand te duwen. Kinderen van onze leeftijd, en zelfs jonger.

"Als ze ze eenmaal hebben, stelen ze hun zielen. En stoppen ze in zielenvangers die voor andere mensen bedoeld zijn. Dus als ze sterven, kunnen hun zielen nergens heen."

"Dat is zo slecht!" zei Lia.

"Dus, als de echte eigenaars van de Zielenvangers sterven, wat gebeurt er dan met hun zielen? Ik bedoel, als hun zielen nergens heen kunnen - geen thuis, geen hemel - wat gebeurt er dan met hen?" vroeg Alfred.

"Dat is het juist. Ze hebben geen eeuwige rustplaats - dus als ze sterven, zweven ze gewoon rond. Dat is in ieder geval de beknopte versie. En we moeten de Furies stoppen en snel ook."

"Hoe nemen ze de zielen van de kinderen? Ik begrijp het niet," vroeg Lia.

"Ik ook niet," zei Alfred. "Kinderen, vooral kinderen die games spelen, zijn erg computervaardig. Hoe brengen ze zichzelf in gevaar? Hoe krijgen de Furies toegang tot hen in hun eigen huis, recht onder de neus van hun ouders?" Hij dacht even na: "Zijn zij er verantwoordelijk voor dat PJ en Arden in coma liggen?"

"Oké, Lia's vraag eerst. De Furies straffen diegenen die ongestraft blijven, dat is altijd hun doel geweest. Hun belangrijkste wapen is altijd wroeging geweest. Ze zorgen ervoor dat mensen zich schuldig voelen. Spijt hebben dat ze iets verkeerd hebben gedaan. En als ze dat doen, nemen ze de controle over. Ze maken ze gek, laten ze zichzelf vernietigen.

"Ik heb je verteld over de jongen die naar mijn huis kwam en me probeerde neer te schieten? Hij zei dat iemand in het spel hem had verteld dat ze zijn familie zouden vermoorden als hij mij niet zou vermoorden. Ze hebben hem zover gekregen dat hij achter mij aanging, vanwege zijn acties in het spel. Ik had een hint van Eriel nodig om dat verband te leggen. Het leek vreemd op dat moment, maar het drong niet meteen tot me door.

"Zo doen ze dat. Een kind speelt een spel en om verder te komen in het spel moet hij iemand vermoorden, of zelfs een massamoord plegen, of, nou ja, je snapt het wel. In de echte wereld zijn deze dingen zonden en tegen de wet, in het spel zijn ze een onderdeel van het spel. Bij de meeste spellen is het het enige doel."

"Wacht eens even," zei Alfred. "Vertel je me nu dat ze kinderen in het spel straffen alsof ze in het echt een moord plegen?"

"Dat klopt," zei E-Z. "Dat is precies wat ze aan het doen zijn. Hoe ze de game-industrie gebruiken om te rechtvaardigen - nee ik denk niet dat dat het juiste woord is. Ik bedoel dat ze hun acties vergoelijken door de kinderen hun ziel af te nemen."

Lia sloot haar handen en maakte er vuisten van. Daarna bedekte ze haar oren alsof ze niets meer wilde horen. "Je hebt helemaal gelijk E-Z. We hebben geen keus - we moeten absoluut een einde maken aan die heksen. Hoe eerder hoe beter."

"Ik weet het," zei E-Z, "maar het zal niet gemakkelijk zijn. Het zijn godinnen, ook bekend als de Dochters der Duisternis en Erinyen. Hun belangrijkste doel is om de slechten te straffen en binnen het bereik van een spel - iedereen is slechten. Het is de enige manier om verder te komen in het spel."

"Je zei dat je een plan had, wat is het?" vroeg Alfred.

"Om eerst je vraag over PJ en Arden te beantwoorden. Mijn gevoel zegt dat het antwoord ja is. Maar ik heb Raphael gevraagd of ze het kon bevestigen. Ze zei dat ze het niet met honderd procent zekerheid kon zeggen. De Furies waren - voor zover zij wisten - nog nooit weggelopen van het stelen van een ziel. Om nog maar te zwijgen van twee zielen.

"Oh, nog één ding dat ik je moet vertellen is dat er in Death Valley duizenden zielenvangers zijn. Misschien wel meer dan duizenden en in aantallen die elke dag groeien. Ze zijn zover het oog reikt." Hij stopte, alsof zijn hart in zijn keel zat en veegde een traan weg.

"Het was moeilijk om er getuige van te zijn. Wat ze doen is zo voorbedacht, weloverwogen. Wat ik echter niet kan begrijpen, is wat ze eraan hebben. Ik bedoel, Hadz en Reiki hadden gelijk dat ze me meenamen om het te zien. Als ze het me hadden verteld, zonder het me te laten zien... zou het me niet zo hard hebben geraakt. Oh, en Raphael zegt dat ze hun inname dagelijks verhogen. Dus we hebben niet veel tijd om na te denken. We hebben een plan nodig en we moeten actie ondernemen."

"Zijn ze sterfelijk?" vroeg Alfred.

"Ja, daar zijn we mee bezig," zei E-Z. "Dus het plan dat ik bedacht was om zelf een spel te maken. Oom Sam zou daarbij kunnen helpen. Als ik speel om te pronken met kills, dan komen The Furies me halen. Als ze dat doen, zetten we ze in de val en doden we ze in het spel.

"Ik dacht dat hun krachten zouden afnemen tijdens het spel. Maar toen bedacht ik me - wat als de mijne dat ook doen."

"We zouden het niet weten tot het te laat was," zei Alfred.

"Dat klopt. Hoe meer ik erover nadacht, hoe minder effectief het idee leek. Niet te vergeten, als ze PJ en Arden hebben, vastzitten in het voorgeborchte, tot hun controle... Wel, ze zouden hun zielen kunnen wegnemen. En wij zouden hen verliezen."

"Bedoel je dat het een valstrik kan zijn?" vroeg Lia.

"Precies."

"Je hebt ons veel gegeven om over na te denken," zei Alfred. "Ik denk dat we er een nachtje over moeten slapen, over nadenken en er morgen weer over praten."

"Ik weet niet zeker of ik kan slapen," zei Lia, "maar ik ben het ermee eens, laten we even pauzeren. Ik heb tijd nodig om na te denken over hoeveel gevaar we lopen. We moeten ervoor zorgen dat we elkaar steunen."

"Natuurlijk," zei E-Z. "Ondertussen zal ik kijken of ik een Plan B kan bedenken."

Lia verliet de kamer en sloot de deur achter zich.

"Ik vraag me af wie er aan de voordeur stond?" vroeg E-Z.

"We kunnen het Sam morgenochtend vragen, hij is waarschijnlijk nog bezig met de voeten van zijn vrouw."

Ze lachten."Klinkt als een plan," zei E-Z. "Welterusten Alfred."

"Nacht E-Z."

HOOFDSTUK DERTIG

OOOH, BABY BABY

"D E BABY KOMT ERAAN!" riep Sam enkele uren later.

Op weg naar de hal hield hij Samantha's hand in één hand. Over zijn schouder hing een weekendtas. Hij pakte de autosleutels.

"Jij rijdt niet, liefje," zei Samantha terwijl ze de sleutels terug op het aanrecht legde.

E-Z kwam de hal in. "Wil je dat we met je meegaan?"

"Het gaat goed," zei Samantha. "Lia slaapt nog als een roos."

"Ik maak haar wakker en we zien elkaar in het ziekenhuis, oké?"

Lia wierp een blik over haar schouder: "Ik heb al een taxi gebeld. Hij rijdt niet."

Sam glimlachte, "Zij is de baas."

"Tot snel," zei E-Z. "Trouwens, wie was dat gisteravond aan de deur?"

"Het was Rosalie. Ze was uitgeput, dus hebben we haar in de logeerkamer gelegd."

"Oké, bedankt," zei E-Z.

Terwijl hij door de gang naar Lia's kamer rolde en zich afvroeg wat Rosalie daar deed, klopte hij op de deur.

"Ik ben het, Lia," zei hij. "Je moeder en oom Sam gaan naar het ziekenhuis. De baby komt eraan!"

Er klonk eerst een klap, toen opende Lia de deur. De lamp van haar nachtkastje lag op de grond naast het bed. "Ik ben zo klaar," zei ze. Ze sloot de deur.

Hij liep door naar de logeerkamer. Hij keek naar binnen en Sam had gelijk, Rosalie sliep vast. Hij ging terug naar zijn kamer, kleedde zich aan en probeerde Alfred niet wakker te maken. Zwanen waren niet toegestaan in het ziekenhuis, dus hem wakker maken zou gemeen zijn - hij zou zich buitengesloten voelen. Hij schreef een briefje dat Rosalie in de logeerkamer sliep en dat hij op haar moest letten tot ze terug waren. Zeg haar dat ze het naar haar zin moet maken, schreef hij. Hij liet het briefje achter zodat Alfred het niet zou missen als hij wakker werd.

E-Z deed de deur achter zich dicht en op slot, waarna hij en Lia in de wachtende taxi stapten en op weg gingen naar het ziekenhuis.

Ze volgden de borden en vonden al snel de babyafdeling. Sam was daar en ijsbeerde op en neer zoals aanstaande vaders op televisie doen.

"Hoe hou je het vol?" vroeg E-Z.

"Hoe is het met mijn moeder?" vroeg Lia.

"Bedankt voor jullie komst," zei Sam. Zijn hand trilde toen hij een slok water uit een fles probeerde te nemen. "Samantha doet het echt heel goed. Ik bedoel, ze heeft het al eerder meegemaakt met jou Lia, dus ze weet wat ze kan verwachten en ik ben. Nou, ik weet niet of ik het aankan. De cursus die we hebben gevolgd om ons voor te bereiden op vandaag was goed - maar de realiteit is heel anders. Ik haat ziekenhuizen."

"Iedereen haat ziekenhuizen," zei E-Z. "Maar als ze door die openslaande deuren komen. En zeggen dat je nodig bent... Dan moet je je vermannen en naar binnen gaan om je vrouw te helpen. Onthoud dat jullie een team zijn, jullie zitten hier samen in. Jullie kunnen dit!" Hij gaf zijn oom een schouderklopje.

"Ik weet het."

Lia legde haar hoofd op Sam's schouder. "Je zult het geweldig doen."

Er kwam een verpleegster aan. "Uw vrouw heeft u nodig. Het duurt niet lang meer. Ik neem je mee om je te wassen en dan kun je bij je vrouw zijn als we haar naar beneden brengen."

Sam knikte en ging weg.

De laatste blik op zijn gezicht deed E-Z denken aan iemand die voor een vuurpeloton stond.

"Het komt wel goed met hem," zei Lia terwijl ze op E-Z's hand klopte.

Uren later kwam Sam terug met een brede grijns op zijn gezicht. "Ik heb nog een dochter," zei hij, "en een zoon!"

"Twee baby's?" zeiden Lia en E-Z eenstemmig.

"Ja, twee. We zagen er maar één op de scan."

"Hoe is het met mijn moeder?"

"Ze is briljant! Geweldig!"

"Mogen we haar zien? En de baby's?"

"Geef ze een paar minuten om dingen voor te bereiden. Dan kun je je broer en zus Lia ontmoeten, en E-Z kun je je neven en nichten ontmoeten."

"Weet je al hoe je ze gaat noemen?" vroeg E-Z.

"Ja, maar we vertellen het je samen."

"Eerlijk is eerlijk," zei E-Z.

"Twee baby's, in dat huis - met al die anderen," zei Lia.

"Ik dacht hetzelfde. We hebben al een vol huis... maar we redden het wel. Dat doen we altijd."

Ze zaten bij elkaar en wachtten.

EPILOOG

WEKEN LATER WAS HET 17 januari. Kerstmis was gekomen en gegaan met de gebruikelijke pracht en praal, hetzelfde gold voor het nieuwe jaar. E-Z was weer een jaartje ouder, sweet sixteen en de bende was samen op zijn kamer. Charles Dickens deed met hen mee via Facetime.

Verderop in de gang maakte de tweeling - Jack en Jill - herrie. Sam en Samantha moesten nog wennen aan de routine van de nieuwkomers. Niemand in huis had veel geslapen, tot ze hun kerstcadeaus openden. E-Z, Lia en zelfs Alfred kregen een geluiddempende koptelefoon.

E-Z had nagedacht over andere manieren om de Furies te verslaan. Naast zijn idee om in het spel achter hen aan te gaan. Er dienden zich weinig andere opties aan.

Terwijl de anderen sliepen, had hij online een paar gesprekken met Charles gevoerd. Charles dacht dat hen verslaan met hun eigen spel 'totally badass' zou zijn. '

E-Z was een beetje bezorgd over de andere zinnen die de detectives Charles leerden. Samen besloten ze de groep in te lichten over hun discussies over hoe verder te gaan met het spelidee.

"Het is gemakkelijk," zei Charles Dickens. "E-Z en ik hebben laatst aan de telefoon gepraat en we hebben bedacht wat zou kunnen werken. Als ze informatie hebben over De Drie - ik bedoel, jullie zijn overal op het internet te vinden - dan weten ze van jullie. Maar ze zullen niets over mij weten.

"Niet dat ze bang voor me zouden zijn. Hoewel Edward Bulwer-Lytton ooit schreef: 'de pen is machtiger dan het zwaard.' In dit geval hoop ik dat het waar is.

"Dus ik heb geoefend met mijn vrienden, de detectives. We dachten dat het beste spel om ze binnen te krijgen, een bestaand spel is. En we denken dat we het perfecte spel weten.

"Het heet The PK Crew. De classificatie van het spel is 13+ of 12+ op sommige plaatsen en het is gratis. Het doel van het spel is om iedereen te vermoorden, inclusief je familie en vrienden. Je wordt beloond voor elke kill, maar als je mensen in je omgeving vermoordt, krijg je zelfs meer punten. Meer geld. Zelfs beruchtheid binnen het spel. Je foto op PK TV televisie. Op de voorpagina van de krant The Peachy Keen Times. Het spel speelt zich af in een fictief stadje genaamd Peachy Keen. Het is de perfecte valstrik - en het is een spel dat we zelf gaan lanceren. Ik speel als een twaalfjarige, zij komen in het spel en jullie zitten er al in."

"Het zal veilig genoeg zijn," zei E-Z, "Ik bedoel, je bent al dood - ik bedoel in je vorige leven - dus ze kunnen je niet doden."

Er werd op de deur geklopt, "Hij is open," zei E-Z.

Lia sprong op en sloeg haar armen om Rosalie heen. "Fijn dat je wakker bent," zei ze terwijl ze zich in de dikke trui van haar vriendin nestelde.

Rosalie was een belangrijk deel van hun team geworden. Ze mocht echter nog maar één dag bij hen blijven. Daarna moest ze terug naar het tehuis.

Terwijl ze door de kamer liep om te gaan zitten, klopte ze Alfred de zwaan op zijn hoofd. Ze waren allemaal dikke vrienden geworden sinds ze hier was voordat de baby's kwamen.

"Ik moet je een paar dingen vertellen. Ten eerste, bedankt dat je me zo welkom hebt geheten. Het was geweldig om je te zien en bedankt dat ik me een deel van je team voelde."

"Ahhhh," zei Lia.

"Wat ik moet vertellen is dat ik in een boek heb geschreven over andere kinderen met speciale krachten zoals jullie. Het ligt in de la van mijn nachtkastje. De volgende keer dat je op bezoek komt, geef ik het aan je zodat je de anderen kunt gaan halen om je te helpen de Furies te verslaan."

"We hebben alle hulp nodig die we kunnen krijgen," zei Lia.

"Raphael en Eriel denken dat ze je kunnen helpen, daarom wilden ze dat ik ze details gaf. Daarom heb ik het opgeschreven - zodat ik niets belangrijks zou vergeten."

"Hebben Raphael en Eriel je daarom naar de witte kamer getrokken?" vroeg E-Z.

"Ja en nee. Ik bedoel ja. Ze weten van de andere kinderen. Maar nee, ze vroegen me niet om de informatie over hen te geven. Ik weet dat deze kinderen belangrijk voor je zijn en zonder hen kun je de Furies niet verslaan."

"Wat weet je over de Furies?" vroeg Alfred.

Rosalie huiverde en sloeg haar armen over elkaar. "Ik weet een paar dingen over ze. Zoals dat het drie enge zussen zijn, die hier op aarde zijn om niets goeds te doen."

E-Z zei: "Dat meen je niet. Ik heb met eigen ogen de schade gezien die ze tot nu toe hebben aangericht. We werken aan een plan. Maar vertel eens, waar zijn die andere kinderen? Denk je dat ze ons zullen helpen? Als we tenminste een manier kunnen vinden om ze hier te krijgen."

"Het zijn goede kinderen, maar je zou hen en hun ouders om toestemming moeten vragen. Eén is aan de andere kant van de wereld in Australië, één is in Japan en de andere is in de Verenigde Staten in Phoenix, Arizona. Misschien zijn er nog anderen, maar deze drie zijn tot nu toe de enigen met wie ik contact heb gehad," zei Rosalie.

"Aan de andere kant zal het binnenhalen van nieuwe kinderen alles ingewikkelder maken," zei E-Z. "Bovendien, als we falen, is er niemand om het van ons over te nemen. Het is misschien het beste voor ons om dit zelf te doen, met zo min mogelijk exposure. Als wij het kunnen, ik bedoel de Furies uitschakelen - waarom anderen erbij betrekken? Vreemden? Waarom het leven van andere kinderen riskeren?"

"Het is nog niet zo lang geleden dat we allemaal vreemden waren," zei Alfred.

"Ik ben nog steeds een vreemdeling - ook al zijn we familie van elkaar," zei Charles Dickens. "Maar ik ben niet een van De Drie. E-Z heeft de leiding en ik doe graag wat hij denkt dat het beste is. De detectives zeggen dat ik een nieuweling ben. En dat is waar."

Rosalie keek naar de jongen in het scherm. "We zijn nog niet goed aan elkaar voorgesteld," zei ze. "Ik ben Rosalie en ik ben er vrij zeker van dat ik meer een nieuweling ben dan jij."

Charles lachte. "Ik ben Charles Dickens."

"Enige relatie met, je weet wel, DE Charles Dickens?" vroeg Rosalie.

"Uh, ja, ik ben hem - gereïncarneerd."

Rosalie lachte. "Ik dacht dat ik alles gehoord had. Nou, ik ben blij je te ontmoeten Charles."

Er werd luid op de voordeur geklopt.

Een paar seconden later baanden gelaarsde voeten zich een weg door de gang tegen Sam's protest in.

"Rosalie," zei de grootste van de twee mannen door de gesloten deur. "Het is tijd om naar huis terug te keren. Je hebt je medicijnen nodig, dus kom naar buiten, anders moeten we je komen halen."

Rosalie stond op, "Het lijkt erop dat ik je alles heb verteld wat je moet weten en op het nippertje." Ze liep naar de deur, opende hem en vertrok met de bedienden.

Het ene moment achterin de ambulance, het andere moment in de witte kamer. De planken en de boeken waren hetzelfde, maar de geur niet. Eerst was er geen geur, maar nu was het erg. Stinkend. Smerig. Zoals bleekmiddel en rotte eieren.

Door de muur kwamen drie van top tot teen in het zwart geklede vrouwen binnen. In plaats van haar hadden ze slangen. En er kropen nog meer slangen op en langs hun armen. Ze vlogen op haar af. Hun vleermuisachtige vleugels staken af tegen de puurheid en witheid van de kamer. Bloed schuimde uit hun ogen terwijl ze met hun zwepen in haar richting zwaaiden.

En hun stank was ondraaglijk.

"Vertel ons wat we willen weten," zeiden de Furies eensgezind.

"Ik weet niet wat je me vraagt," zei Rosalie terwijl ze haar neus dichthield.

WHIP.

De barst van de zweep schampte de huid van de wang van de oude vrouw. Toen ze haar gezicht aanraakte en naar haar hand keek, zat die onder het bloed.

"Weet je," zei Allie, terwijl zij en haar zussen nogmaals met hun zwepen in de buurt van de oudere vrouw zwiepten.

"Ik weet niet wat je bedoelt."

Een boekenplank viel om. Zonder de snel bewegende ladder zou Rosalie eronder verpletterd zijn.

WHIP.

Ik droom, dacht Rosalie. Ik moet wakker worden. Ik moet NU wakker worden en weg van deze vreselijke stinkende wezens.

Er viel nog een boekenplank.

Toen nog een. En nog een.

Al snel raakte ook de ladder de grond en stuiterde. Eenmaal, tweemaal, driemaal. En viel toen in stukken uiteen.

"Oh nee!" riep Rosalie.

"Je vertelt het ons liefde," eiste Tisi, terwijl ze de oudere vrouw van de grond tilde en haar slangenarmen om haar heen sloeg.

Rosalies voeten bungelden onzeker. Terwijl de slangen hun greep om haar bovenlichaam verstevigden.

"Pas op, zus, je bezorgt haar een hartaanval," gilde Meg terwijl ze dichter bij Rosalie ging staan. "Geef ons wat we willen, liefje."

"Ik vertel je niets. Wat je me ook aandoet," zei Rosalie.

Ze was zo dapper. Want ze wist dat ze niet alleen was. Lia was er, luisterde.

"Dit is een complete tijdverspilling," zei Allie terwijl ze een zweep de lucht in stuurde en een hele muur van boekenplanken neerhaalde. Een paar gevleugelde boeken worstelden om onder de planken vandaan te komen. Eentje probeerde te vliegen met zijn enige overgebleven vleugel.

Tisi draaide zich naar de verre muur en stak de boeken in brand. Ze vielen als dominostenen bovenop de arme Rosalie die bedolven werd onder de brandende boeken.

De Furies lachten luid en trots.

Rosalie riep in gedachten Lia's naam. Waar ben je, Lia? vroeg ze. Waar ben je, kleintje?

Terug in het huis opende E-Z zijn laptop. "Oké, we hebben er een nachtje over kunnen slapen. Zijn we het er allemaal over eens dat we geen andere keuze hebben dan tegen de Furies te vechten?"

Lia en Alfred knikten.

"En we moeten die andere kinderen hierheen halen. Wij zijn met z'n drieën en zij met z'n drieën. Lia, jij gaat naar Phoenix - Little Dorrit kan je brengen of je kunt met een vliegtuig vliegen."

"Ik geef de voorkeur aan Little Dorrit."

"Oké, het eerste kind is gesorteerd. Hoewel we niet weten hoe ze heet of waar ze precies is in Phoenix,

Arizona. En je zult het met haar ouders moeten bespreken. Dat zal niet makkelijk zijn, want je moet ze laten weten in wat voor gevaar hun kind terechtkomt."

"Ja, ik moet Rosalie om meer details vragen."

"Alfred, je kunt naar Japan gaan. Ik stel voor dat je vliegt - we moeten de logistiek nog regelen. Je moet terugvliegen met het kind, ervan uitgaande dat zijn ouders je toestemming geven. Nogmaals, we moeten van Rosalie weten waar het kind is. En er zal een taalbarrière zijn, tenzij je Japans kent?"

Alfred schudde zijn hoofd.

"Ik haal een vertaler."

"We geven je een telefoon en je kunt er een app op zetten die het vertalen voor je doet. Er zal een leercurve zijn," zei E-Z. "Vooral omdat je geen vingers hebt."

"Klinkt goed," zei Alfred. "Ik moet meteen aan de slag met de telefoon. Het zal niet lang duren om het uit te zoeken. Ondertussen kan Rosalie het kind vertellen dat ik een zwaan ben - zodat ze niet omvallen en flauwvallen als ze me voor het eerst zien."

"Dat is een goed idee," zei Lia. "Maar hoe ga je typen?"

"Ik kan mijn snavel gebruiken."

"Of een stemgestuurd programma," zei E-Z.

"Gaaf," zeiden Lia en Alfred eenstemmig.

"En ik vlieg naar Australië. Ik neem een vliegtuig terug met het kind, maar het is sneller als ik er direct heen ga. Oh, en nog iets, we moeten een valluik voor onszelf bedenken. Een manier om eruit te komen - in het geval dat één of meer van ons gepakt worden, gedood worden of gewond raken. We moeten op alles voorbereid zijn. Als we sterven voordat we dit ding afmaken, blijft er niemand over om de brokken op te rapen."

"De aartsengelen," stamelde Lia, waarna ze stopte. Ze rilde en kreeg toen geen adem meer. Ze sloeg haar armen om zich heen.

"Gaat het?" vroeg E-Z.

"Shhh," zei ze. Er waren geen geluiden in de kamer of in haar hoofd, er was absolute stilte. Haar hartslag werd weer normaal, net als haar ademhaling.

"Vals alarm," zei ze. "Ik dacht dat er iets mis was, alsof ik een SOS kreeg, maar alles lijkt nu in orde."

"Gebeurt dat vaak?" vroeg Alfred.

"Nee," zei Lia.

"Oké, laten we beginnen met brainstormen," zei E-Z. En de rest van de dag brachten ze door met het maken van een lijst, waarbij ze zich concentreerden op wat er fout kon gaan en wat er goed kon gaan.

Ze gingen naar hun kamers en sliepen.

Het was een rustige nacht voor iedereen behalve Rosalie.

Rosalie, wier stem niet werd gehoord.

Wiens stem niet werd beantwoord.

Er kwam geen hulp.

De Witte Kamer werd vernietigd.

Niemand kwam Rosalie redden.

Van de boosaardige Furies.

Van de boosaardige Furies.

Erkenningen

BEDANKT VOOR HET LEZEN van het derde boek in de E-Z Dickens Serie... Het spijt me van het trieste einde, maar soms gebeuren die dingen.

Ik werk nu aan de vertaling van het laatste boek en dat zou binnenkort voor jullie klaar moeten zijn!

Nogmaals dank aan alle mensen die me hebben geholpen om van deze serie alles te maken wat het kon zijn, zoals mijn bètalezers, proeflezers en redacteuren. Kudos!

Aan mijn vrienden en familie, bedankt voor jullie aanmoediging en steun.

En zoals altijd, veel leesplezier!

Cathy

Over de auteur

Cathy McGough woont en schrijft in
Ontario, Canada met haar man, zoon, twee katten en
een hond.
Als je Cathy wilt e-mailen, is haar adres
cathy@cathymcgough.com.
Cathy hoort graag van
haar lezers.

Ook door

www.ingramcontent.com/pod-product-compliance
Lightning Source LLC
Chambersburg PA
CBHW060404310726
48976CB00003B/933